Le bébé plus que parfait d'une accro à Noël

Image de couverture :
© ulrich22 – Shutterstock
Couverture : Camille Decoster

Images intérieures :
© Bonnie Cocos – Shutterstock

Collection dirigée par Arthur de Saint Vincent
Ouvrage dirigé par Camille Léonard

34-36, rue La Pérouse
75116 Paris
www.hugopublishing.fr

ISBN : 9782755670042
Dépôt légal : octobre 2023
Imprimé en Espagne par CPI Black Print

Le bébé plus que parfait d'une accro à Noël

LAURA S. WILD

Hugo Poche

NEW ROMANCE®

« La perfection est dans la vie. »
Zoe Reynolds

NOTE D'AUTEURE

Chers membres du club des accros à Noël,

Vivre ces trois aventures à vos côtés a été un véritable honneur. Mais il est temps pour moi de voguer vers de nouveaux horizons. Comme madame Wild, la maire de Snowflakes Garden, j'ai hâte d'explorer d'autres contrées et même si je vous quitte avec un pincement au cœur, je pars en sachant que notre club continuera à ouvrir ses portes chaque hiver pour répandre sa magie.

Je crois que vous avez désormais toutes les cartes en main pour faire de vos fêtes de fin d'année des moments féériques, et si j'ai pu ne serait-ce que faire naître un sourire sur les lèvres d'un Scrooge, alors je considère que le contrat est rempli.

Je m'absenterai peut-être pendant un moment, mais Zoe, elle, sera toujours là pour s'assurer que votre fibre noëlesque ne faiblit pas. Et qui sait… peut-être qu'un jour, mon imaginaire me ramènera à Snowflakes Garden.

En attendant, n'oubliez pas que « Noël, c'est un état d'esprit ».

Laura S. Wild, accro à Noël pour toujours.

PROLOGUE

Chère Zoe,

Loin de moi l'idée de te brusquer, mais je préfère être honnête avec toi et te prévenir tout de suite : cette lettre sera différente des autres... et je crois qu'elle sera aussi la dernière.

Généralement, je m'adresse à toi, mon futur moi, pour t'aider à faire les bons choix, pour garder une trace de l'instant vulnérable pendant lequel j'ai ressenti le besoin de t'écrire et pour que, plus tard, tu puisses ressortir ces lettres et apprécier le chemin que nous aurons parcouru.

Mais aujourd'hui, c'est vers la Zoe du passé que j'ai envie de me tourner.

Pour commencer, je tiens à te féliciter. D'avoir poursuivi tes objectifs, d'avoir conservé ta détermination, et de chaque jour tout faire pour devenir celle que tu as toujours rêvé d'être. Tu as encore tellement de choses à accomplir... Je suis certaine que tu ne laisseras aucun obstacle te barrer la route pour y parvenir.

Ensuite, tu dois savoir que nous sommes mariées et que tu viens de réussir avec brio ta première année en tant qu'épouse... Bon, soyons honnêtes, tu n'as pas toujours été un modèle de perfection, tu as même poussé Ethan à bout parfois, mais tu as une très bonne excuse : les hormones ! Ce qui me fait d'ailleurs penser que les félicitations sont de mise, parce que... nous sommes enceintes.

Zoe, si dans un univers parallèle tu as encore vingt-deux ans et que, par je ne sais quel miracle, tu as la possibilité de découvrir ce que l'avenir te réserve, sache que je donnerais cher pour voir ta réaction à la suite des révélations que je suis en train de te faire. Et puisqu'il est plus facile d'arracher le pansement d'un coup, voici quelques nouvelles en vrac :

– Il y a bientôt dix ans, tu es devenue la « tante Zoe » de Lily Reynolds, qui fait chaque jour honneur à ce nom de famille.

– Tu as créé ton entreprise d'événementiel spécialisée dans les fêtes de fin d'année il y a sept ans, et tu as comme clients les plus beaux hôtels de Manhattan.

– Tu n'as encore jamais réussi à battre Rosalie au concours de maisons en pain d'épices : ton meilleur score est une égalité parfaite.

– L'homme de ta vie est la réincarnation de Scrooge.

– William et Gloria sont fous amoureux et ont accueilli il y a quelques mois un petit garçon qui

s'appelle Andrew. Malheureusement, ce bon monsieur Oliver est décédé peu de temps après sa naissance.

– Cette année, c'est à toi qu'on a confié la décoration du sapin du Rockefeller Center et tu paniques de plus en plus à l'approche de l'événement.

– Tu as eu le mariage noëlesque de tes rêves et tu as passé ta lune de miel aux Bahamas, sous un soleil de plomb, pour faire plaisir à ton mari. (Les compromis sont la base de la vie de couple. Par exemple, tu as accepté de ranger le sapin de Noël qui trônait au beau milieu de ton salon avant avril, et même si nous sommes le 31 août, tu n'as pas encore ressorti les décorations.)

– Enfin... ton premier enfant est prévu courant décembre.

Chaque jour, tu réalises à quel point Noël est ta *fête,* ta *période,* ton *moment. Tu ne le sais pas encore, mais ta passion et ta détermination à répandre sa magie tout autour de toi auront de véritables répercussions sur les gens qui t'entourent. Tout se passera bien, tu verras. Tu n'as qu'à suivre la voie que tu vas toi-même te tracer.*

Je n'ai pas besoin de te souhaiter une belle vie, parce que je sais déjà qu'elle sera à la hauteur de tes espérances.

Je t'embrasse,

Zoe, cheffe d'entreprise, épouse, future mère, sœur qui déchire, tante gaga... et accro à Noël pour toujours.

P.-S. : J'ai oublié de te dire : grâce à ton métier, on te surnomme « la reine de Noël ». Si ça, c'est pas la classe... Prends garde à toi, Mariah Carey !

P.P.-S. : Est-ce qu'il peut y avoir trop de « P.-S. » dans une lettre ? Tu as enfin trouvé la réponse à cette question. À ta connaissance, il n'y a aucune restriction officielle, mais il existe tout de même un chiffre de bon sens.

P.P.P.-S. : Sauf que le bon sens, on s'en fiche un peu.

P.P.P.P.-S. : En ce moment, tu fais une liste de prénoms pour le bébé en rapport avec Noël, et pour une raison obscure, Ethan refuse que « Paillette » soit considéré comme un choix sérieux. J'en connais un qui devra subir mes pieds froids contre ses mollets cette nuit, pour la peine.

CHAPITRE 1

ZOE

Septembre, comtés d'Essex et d'Hamilton, État de New York

– Que penses-tu d'Hellébore, pour une fille ? je demande.

Une main sur le volant, l'autre posée sur ma cuisse, Ethan me jette un regard en biais qui reflète son scepticisme… Le même que mes quatre dernières propositions lui ont inspiré.

– C'est une fleur qu'on appelle aussi « rose de Noël », j'explique. Elle ne craint ni le froid ni la neige, elle s'épanouit en hiver et s'éteint en été.

– Comme toi, fait remarquer mon mari. Ça aurait dû être *ton* prénom.

– J'imagine qu'il ne te plaît pas ?

– Mets-le dans la liste « à choisir au cas où plus aucun prénom dans le monde ne serait disponible ».

Je ronchonne tout en tournant la page de mon petit carnet. Ethan s'esclaffe et tapote ma jambe avant d'affirmer :

– Ne t'inquiète pas, on va lui trouver un magnifique prénom, à ce bébé. Et je pense qu'on arriverait plus facilement à se mettre d'accord si on connaissait son sexe, mais enfin moi, ce que j'en dis…

– Oh, je t'en prie, tu étais d'accord avec moi pour attendre jusqu'à la naissance pour le découvrir.

– Et je le suis toujours, mais j'admets que plus les semaines passent, plus je suis impatient.

Je souris en caressant mon ventre arrondi.

– Comment tu te sens ? reprend mon mari en quittant la route des yeux quelques secondes pour me détailler.

– Ça va, je réponds. Moi aussi, je suis impatiente…

Et un peu stressée.

Il ne reste plus que trois mois avant mon terme. Même si je tente de me rassurer en me disant que les femmes font cela depuis la nuit des temps, l'accouchement m'angoisse malgré tout. En plus, ma période de l'année la plus chargée professionnellement va bientôt s'annoncer, et je redoute de ne pas réussir à remplir toutes mes obligations. Gérer à la fois une fin de grossesse et le plus gros projet depuis le début de ma carrière ? Il n'y a pas de doute, les prochaines semaines vont être une aventure hors norme.

– Zoe, tu m'écoutes ? lance Ethan, me tirant de ma rêverie.

– Hm ?

– Est-ce que tu as réfléchi à l'éventualité de lever le pied ?

– Pourquoi est-ce que je ferais ça ? je soupire. Je vais bien, le bébé va bien, et tant que je pourrai assurer, je le ferai. Et puis il y a beaucoup de missions que j'ai déléguées à mes équipes.

– Comme ?

– L'élaboration des plans…

– Qu'ils reproduisent depuis *tes* croquis.

– La fabrication des décorations…

– Réalisées à partir de *tes* prototypes.

– Oh, tu m'énerves ! je peste, à court d'arguments. Regarde : aujourd'hui, j'ai laissé la gestion de l'entreprise à Julia pour me libérer et pouvoir venir ici avec toi.

– Toi et moi à la recherche du conifère parfait… ironise Ethan.

– Je n'en reviens toujours pas que tu aies posé deux jours de congé pour pouvoir m'accompagner.

– Tu crois que j'allais te laisser partir seule à près de cinq heures de chez nous alors que tu es enceinte de six mois ? Quel genre de mari ferait ça ?

Je m'esclaffe. Devant nous, une camionnette quitte la route principale pour s'engager sur un chemin boisé. Ethan enclenche son clignotant pour la suivre. Nous sommes un peu chahutés par l'état de la route, et plus nous progressons, plus la lumière se tamise à cause des arbres immenses qui se dressent autour de nous.

Lorsque la camionnette se gare sur le bas-côté, nous l'imitons. J'attrape mon téléphone portable ainsi que mon carnet de croquis ; avant que j'aie pu poser la main sur la poignée, Ethan m'ouvre déjà la portière et m'aide à descendre de notre SUV.

– Nous y voilà, annonce l'un des deux hommes qui viennent de sortir du véhicule qui nous précédait.

– On va devoir continuer à pied, ça ira pour vous ? ajoute son collègue en jetant un coup d'œil à mon ventre.

Je me contente de répondre, avec un petit sourire :

– Qu'est-ce qu'on attend ?

Les deux hommes ouvrent la marche. Ethan et moi leur emboîtons le pas. Comme l'a dit mon mari, nous sommes à la recherche du conifère parfait. Parce que cette année, « Les Lutins du père Noël » ont une mission spéciale : la décoration et l'illumination du sapin du Rockefeller Center. Un projet qui me faisait rêver depuis longtemps… alors autant dire que lorsque les bureaux du maire de New York m'ont contactée en décembre dernier pour me dire que mon travail leur plaisait beaucoup et qu'ils souhaitaient que je prenne en charge la prochaine édition de l'événement, j'ai eu du mal à y croire. Mais très vite, je me suis plongée corps et âme dans l'organisation, et trois mois plus tard, juste avant qu'Ethan et moi partions en lune de miel, j'avais trouvé le sapin idéal : vingt-six mètres de haut, une belle circonférence, et surtout, une répartition harmonieuse des branches. L'arbre avait été validé par la ville, réservé, et tout avançait comme sur des roulettes… Seulement, l'été est passé par là. À cause des températures très élevées et de la violente sécheresse, des feux de forêt se sont déclenchés à proximité du fameux sapin, et malheureusement, il a été très endommagé par les flammes. Nous sommes donc maintenant dans une situation d'urgence : il faut lui trouver un remplaçant, et vite. Le quinze novembre, il devra être livré sur la place du Rockefeller Center, et tous les lutins du père Noël sans exception seront réquisitionnés pour m'aider à le décorer en deux semaines top chrono.

Un vrai challenge… exactement comme je les aime.

– Jusqu'à quelle hauteur s'élèvent les arbres de cette partie de la forêt ? je demande, tout en me dévissant le cou pour apercevoir les cimes qui semblent toucher le ciel.

– Entre quarante et cinquante mètres, répond l'un de nos guides.

– Trente mètres suffiront largement, je décrète.

– Avançons encore un peu, dans ce cas.

En général, les sapins installés sur la place du Rockefeller Center mesurent entre vingt-trois et vingt-sept mètres. La barre des trente mètres a été dépassée une fois, en 1999, et cela ne s'est plus jamais reproduit.

Jusqu'à ce que le dossier arrive entre mes mains.

La mairie m'a donné carte blanche concernant le choix de l'arbre de cette année et c'est tant mieux.

Comme toujours, je veux marquer les esprits, repousser les limites pour émerveiller mes clients.

Des feuilles et des branches craquent sous chacun de nos pas. Ethan marche tranquillement à mes côtés. Je glisse ma main libre contre la sienne et un petit frisson de plaisir me parcourt l'estomac, comme chaque fois que nos peaux entrent en contact.

– Nous voilà dans la zone identifiée par nos hélicoptères, annonce l'un des hommes. J'espère que vous allez trouver votre bonheur.

– Évidemment. Je ne repartirai que lorsque j'aurai dégoté la perle rare, et croyez-moi, j'y parviendrai.

Je lâche la main de mon mari pour m'emparer du carnet de croquis calé sous mon bras, puis je commence mon inspection à la recherche du sapin le plus fourni, le plus vert, et surtout le plus majestueux.

À l'approche du mois de décembre, être face aux mastodontes qui peuplent cette forêt me donne presque le tournis. Penser aux dizaines de kilomètres de guirlandes lumineuses, aux tonnes de décorations qui vont prendre place sur ces branches… c'est quelque chose.

Un à un, je détaille les conifères, les inspectant scrupuleusement. Trop large, trop haut, trop malingre… J'en écarte un certain nombre en arpentant la forêt, décidée à ne me contenter de rien d'autre que de la perfection. Soudain, je m'exclame :

– Oh, tiens donc, qui voilà…

Je trottine en direction du sapin qui, à première vue, coche toutes les cases. Je me sens si minuscule à ses pieds… mais immédiatement, j'arrive à l'imaginer sur la place du Rockefeller Center, et plus que tout, j'entends déjà les « waouh » de la foule qui le découvrira le trente novembre.

Pour mieux l'apprécier, je prends un maximum de recul. La cime est parfaite et la densité de ses branches fera encore plus ressortir les lumières des guirlandes.

– Messieurs, nous avons un gagnant ! j'annonce, tout sourire.

– Tu es sûre ? me demande Ethan.

– Parfaitement !

– Celui-ci est pourtant plus imposant, me fait-il remarquer en me désignant un autre arbre du menton. Ce n'est pas toi qui voulais du spectaculaire ?

Je m'approche de mon mari et tapote doucement sa joue.

– Tu as raison : la taille, ça compte, mais elle peut vite devenir un handicap. Il vaut mieux quelque chose de parfaitement proportionné plutôt qu'un truc trop grand qui finira par devenir encombrant. Ça marche pour les sapins comme pour… tout le reste.

Ethan lève les yeux au ciel alors que je conclus :

– Et puis, cet arbre doit mesurer un peu plus de trente mètres, donc crois-moi, il fera son petit effet une fois ramené à New York.

Je confirme mon choix auprès de nos accompagnateurs, qui s'empressent d'aller chercher les documents officiels et de quoi marquer le sapin pour le réserver. Dès qu'ils s'éloignent, je sens les bras d'Ethan entourer ma taille. Je me repose contre son torse et ferme un instant les yeux. Le chant des oiseaux, l'odeur de la nature, la légère brise qui fait voleter mes cheveux… L'instant est parfait.

L'hiver sera toujours ma saison préférée, mais il est suivi de près par l'automne. L'ambiance cosy qui s'installe dès que le mois de septembre touche à sa fin a un charme fou.

– Toi qui ne trouvais pas utile de réserver une chambre d'hôtel pour ce soir et qui pensais faire l'aller-retour dans la journée… souffle mon mari à mon oreille. Heureusement que je ne t'ai pas écoutée et que j'ai…

Les paroles d'Ethan s'assourdissent brusquement et toute ma concentration se dirige vers ce qui est en train de se passer dans mon ventre. J'ai pris l'habitude de reconnaître les coups que me donne le bébé et de les apprécier. Seulement, ce qui vient d'avoir lieu ne ressemble en rien à ce que je connais de la grossesse jusqu'à présent.

– … qu'on pourrait même prolonger notre séjour jusqu'à…

Je tente de reprendre le cours de ma conversation avec Ethan, mais la sensation étrange se produit de nouveau : c'est comme si on étirait un élastique à son maximum et qu'on le faisait brutalement claquer à l'intérieur de moi. En plus d'être déstabilisant, c'est douloureux, et par réflexe, je pose une main sur mon abdomen.

– Zoe ? Tout va bien ?

Ethan se penche et attrape mon menton pour m'inciter à tourner mon visage dans sa direction.

– Tu es toute pâle, constate-t-il, sourcils froncés.

Pendant plusieurs secondes, je reste muette, parce que je viens une nouvelle fois de ressentir cette douleur inédite et que j'ai besoin de reprendre mes esprits.

– Quelque chose ne va pas ? insiste Ethan, désormais franchement inquiet.

– Ça va, je finis par répondre.

– Tu es sûre ?

– Oui. Le coup de pied de notre bébé était juste un peu plus fort que d'habitude, je prétends en tapotant ma bedaine.

Je souris pour tenter de rassurer mon mari, même si je ne suis pas vraiment sereine moi-même. Je sais que ce qui vient de se produire n'a rien à voir avec un coup de pied ; seulement, je préfère enjoliver la vérité pour ne pas qu'Ethan se fasse un sang d'encre. Si ça ne tenait qu'à lui, je resterais alitée jusqu'à l'accouchement pour ne prendre aucun risque, alors autant ne pas donner d'eau à son moulin.

– Tout va bien, j'affirme en déposant un baiser sur ses lèvres.

Puis je me dirige vers les deux guides qui reviennent avec du matériel et des documents en main, décidée à oublier cet incident.

Ce bébé doit naître en décembre et je ferai tout ce qui est en mon pouvoir pour qu'il reste bien au chaud jusque-là, ou je ne m'appelle pas Zoe Reynolds.

CHAPITRE 2

ZOE

14 novembre

– Bonjour à tous. J'espère que vous êtes en forme, parce qu'on a du pain sur la planche !

J'installe mon ordinateur puis le connecte à l'écran positionné sur le mur derrière moi. Les derniers membres de mon équipe pénètrent dans la pièce et prennent place autour des tables disposées en U. La réunion devant durer un petit moment, des boissons chaudes ainsi que des biscuits sont mis à disposition de mes collaborateurs. Lorsque tout le monde s'est servi, les conversations se tarissent et ce sont désormais vingt-cinq paires d'yeux qui me dévisagent.

– Si tout le monde est prêt, il est temps de faire le point sur les missions qui nous attendent durant les quatre prochaines semaines. Commençons par nos contrats habituels. Comme vous le savez, cet été, nous avons eu la chance de signer avec le St. Regis : c'est le vingt-huitième hôtel de Manhattan qui accorde sa confiance aux « Lutins du père Noël ».

Des murmures de satisfaction parcourent mon équipe. Je partage l'enthousiasme de mes employés : en sept ans, ma petite entreprise est devenue florissante grâce à la passion et au travail acharné de tout le monde. Chaque nouveau client, chaque nouvelle opportunité est une véritable récompense pour nous tous.

– Avec trois hôtels à décorer par jour à partir du premier décembre, une chose est sûre, nous n'aurons pas droit au moindre retard, je poursuis. Comme toujours, l'équipe créative restera à l'atelier pour gérer les stocks, les demandes de dernière minute et les éventuelles casses, tandis que nous serons quatre équipes de quatre décorateurs déployées sur le terrain. Des questions à ce stade ?

Comme personne n'intervient, j'enchaîne :

– Passons maintenant à l'aspect pratique de toute cette organisation. Olga, est-ce que la commande des deux cent cinquante maisonnettes en bois est bientôt terminée ?

– Evan et moi sommes sur le coup, me répond l'ébéniste. Il nous reste la dernière salve à réaliser, mais nous serons prêts à temps pour les livrer au Mandarin Oriental.

– Parfait. Simon, Julia, où en sont les stocks ? Vous avez pu faire un premier inventaire ?

– Toutes les commandes de luminaires sont prêtes, ainsi que celles des décors plus généraux. Quelques ornements doivent encore être finalisés, mais l'équipe créa est sur le coup. Tout est sous contrôle, Zoe.

Je sens bien que Julia essaye de me rassurer. Cette année, plus que les précédentes, la tension est à son maximum. À l'approche du mois de décembre, la liste des choses que je dois gérer est monstrueuse, et depuis quelques jours, l'angoisse s'insinue petit à petit en moi, me faisant douter de ma capacité à tout mener de front.

Je sais pertinemment que mes collaborateurs ont été grandement sollicités depuis le début du printemps. Les contrats toujours plus nombreux nous obligent à mettre les bouchées doubles. Il y a encore trois ans, « Les Lutins du père Noël » comptaient douze membres… Aujourd'hui, il y a quinze décorateurs, neuf créateurs et moi ! Je recrute régulièrement, mais à chaque période de rush, j'ai la sensation que ce n'est pas encore suffisant, qu'il nous faut être encore plus nombreux… et bientôt, nous devrons également déménager. Les bureaux et l'atelier commencent à se faire étroits.

– J'ai terminé les tapis de neige, m'informe Chad, l'un de mes couturiers. C'étaient les dernières pièces à fabriquer pour la scène hivernale prévue au Four Seasons.

Je continue mon tour de table, puis je prends une profonde inspiration avant de lancer *le* sujet.

Avant que j'aie pu prononcer un mot, un coup de pied heurte la paroi de mon ventre.

Même le bébé sent que c'est du sérieux...

– Nous sommes le 14 novembre, je commence. La livraison du sapin du Rockefeller Center aura lieu demain.

Sur l'écran derrière moi apparaît une photo de la place, complètement vide. Puis, grâce à un logiciel de prévisualisation, nous suivons le déroulé planifié des événements ainsi que la décoration du sapin au fur et à mesure de mes explications :

– Je serai présente dès le début de la matinée pour assister à chaque étape de l'installation. Dès que le sapin sera fixé, nous pourrons commencer à disposer les guirlandes lumineuses ainsi que tout l'équipement électrique. Cela devrait nous prendre environ trois jours. Ensuite, nous passerons aux ornements. D'ailleurs, est-ce que les boules en cristal sont terminées ?

La grimace de Louis, responsable de cette partie du projet, me tend.

– J'ai pris un peu de retard, m'avoue-t-il. J'ai prêté main-forte à Sylvia pour la confection des paquets cadeau et…

– Et maintenant, tu n'es pas certain de terminer la tâche que je t'ai confiée, je souligne, plus durement que je l'aurais souhaité.

Je vois d'ailleurs un éclair de surprise traverser les prunelles de Louis et d'une partie de mon équipe.

J'inspire et ferme un instant les yeux. Mes mains entament un mouvement circulaire sur mon ventre, un geste que j'ai pris l'habitude d'effectuer au cours des derniers mois lorsque j'ai besoin de me calmer.

– Excuse-moi, Louis, je reprends sur un ton plus posé. Je sais que tu fais de ton mieux, comme tout le monde ici. Mais j'aimerais que tu te concentres sur la création de ces boules exclusivement, c'est important.

– Je m'y remets dès que la réunion est terminée, promet-il.

Une demi-heure plus tard, mes employés quittent la pièce. Après leur départ, je me laisse tomber sur une chaise en soupirant.

Je ne sais pas encore comment, mais il va falloir que je fasse redescendre la pression. Jamais un projet ne m'avait autant stressée que la décoration du sapin du Rockefeller Center. Peut-être que c'est parce que cette fois, ce ne sont pas juste les clients des hôtels qui verront mon travail, mais l'ensemble des New-Yorkais ainsi que des millions de touristes et de très nombreux téléspectateurs à travers le pays lors de la cérémonie d'illumination. Et peut-être que le fait que je sois enceinte de huit mois en plein rush noëlesque y est aussi pour quelque chose…

– Tout va bien ?

La voix de Julia me fait sursauter. Je me redresse, lisse ma salopette – l'un des seuls vêtements que j'apprécie de porter ces derniers temps –, puis je plaque un large sourire sur mes lèvres avant d'affirmer :

– Oui. Je prenais juste une petite pause avant de me remettre au travail.

– S'asseoir une minute sur une chaise avec un air inquiet sur le visage, ce n'est pas ce que j'appellerais une pause, rétorque mon amie.

– Je ne suis pas inquiète ! je lui assure.

Julia me dévisage pendant quelques secondes avant d'abdiquer :

– Si tu le dis… Tu as trois appels en attente sur la ligne de ton bureau. Le directeur du Peninsula voudrait savoir s'il est possible d'ajouter une création de dernière minute à la salle de réception, le collaborateur du maire souhaite faire un dernier point avec toi avant la livraison du sapin demain, et enfin, madame White, du Plaza, demande à te parler de vive voix.

Je remercie ma collègue pour ces informations, puis je quitte la salle de réunion d'un pas rapide pour rejoindre mon bureau. Après avoir rassuré Carl, le collaborateur du maire, puis accepté d'ajouter des bottes de Noël à suspendre aux portes des chambres du Peninsula, je rappelle madame White.

– Zoe, ça me fait plaisir de vous entendre ! me dit-elle en décrochant.

– Que puis-je faire pour vous ?

– Eh bien, Julia m'a fait parvenir le plan détaillé de votre intervention du 4 décembre, et je n'ai pas pu m'empêcher de remarquer que vous ne feriez pas partie de l'équipe ce jour-là.

– Effectivement, je serai au Park Hyatt.

J'entends mon interlocutrice clairement tiquer à travers le combiné.

– Quelque chose vous chagrine ? je demande.

Mon but est que chacun de mes clients soit satisfait, et dans cette optique, je ne rechigne jamais à me creuser les méninges pour répondre à leurs désirs.

– Je suis un peu déçue que vous ne vous occupiez pas personnellement de mon hôtel, m'avoue madame White.

– C'est ensemble que nous avons mis au point les croquis, comme toujours d'ailleurs, je lui rappelle. Je vous assure que je porte une attention toute particulière à votre projet.

– Oui, je le sais. Seulement, vous avez ce perfectionnisme inné et vous remarquez toujours le moindre petit détail qui ne serait pas exactement à sa place. Quand vous quittez les lieux, je sais que tout est vraiment parfait. Cependant, comme depuis deux ans vous n'intervenez plus au Plaza, je n'ai plus ce sentiment.

Ma main se crispe autour du combiné du téléphone.

– Est-ce qu'il y a des choses qui ne vous ont pas plu dans nos dernières installations ? je m'enquiers. Madame White, si des éléments vous ont chagrinée, il faut que vous me le disiez pour que je puisse…

– Non, ne vous inquiétez pas. Je n'ai jamais eu à me plaindre de votre travail ou de celui de vos équipes, c'est juste que… Je ne sais pas comment vous dire cela autrement : c'est *vous* qui manquez à la décoration, Zoe. Vous avez ce don d'apporter quelque chose en plus… comme une sorte de magie. Je comprends parfaitement que vous soyez débordée et j'en suis d'ailleurs très heureuse pour vous, mais j'aimerais quand même que vous vous chargiez en personne de mon hôtel cette année.

Je plisse les lèvres. Les plannings ont été un véritable casse-tête à réaliser. Caser vingt-huit interventions sur les dix premiers jours de décembre, cela relevait presque de l'impossible. Après des jours à plancher sur le sujet, j'avais fini par trouver les bonnes combinaisons. *Je* dessine chaque nouvelle création, et mes équipes les reproduisent ensuite à l'identique, chacun dans le secteur où il est le plus efficace. Julia, par exemple, est la spécialiste des guirlandes lumineuses. Elle sait toujours comment placer exactement les éclairages pour créer une ambiance féerique. C'est vrai, le compliment de la directrice du Plaza me touche… mais il m'est impossible de modifier le planning quinze jours avant le premier décembre.

– Je suis vraiment désolée, madame White, je réponds après avoir pris le temps de la réflexion, mais je crains de ne pas pouvoir me libérer.

Le silence déçu au bout du fil me contrarie. Je déteste devoir refuser quelque chose à mes clients.

Je suis consciente du privilège de ma position : je ne suis pas juste à la tête d'une entreprise de décoration, je travaille pour les plus luxueux hôtels de Manhattan. Leurs directeurs me payent une petite fortune pour leur créer des décors qui sublimeront leurs établissements, alors « non » ne fait pas partie de leur vocabulaire.

Pour atténuer la déception de mon interlocutrice, je lui propose alors :

– Je ne peux pas participer moi-même à la décoration du Plaza, mais je vous promets de me déplacer pour tout passer en revue en personne en fin de journée. Est-ce qu'il s'agirait d'un compromis acceptable pour vous ?

– Tout à fait, me répond-elle, son entrain revenu.

– Parfait. On se voit le 4 décembre, dans ce cas. Bonne journée, madame White.

Je raccroche, puis je me cale contre mon fauteuil.

Après une journée de décoration, je suis généralement éreintée, mais je peux faire un effort pour cette femme. Je n'oublierai jamais qu'elle est la première à m'avoir donné ma chance, un an après la création des « Lutins du père Noël ». C'est elle qui m'a permis d'être là où j'en suis aujourd'hui.

Alors c'est vrai, ce jour-là, je serai certainement épuisée, la circulation sera sûrement infernale, j'aurai mal aux pieds et je serai assaillie par bien d'autres problèmes encore.

Mais, pour mon travail, pour ma passion, il y a des sacrifices qui méritent d'être faits.

Il est près de dix-sept heures lorsque mon portable s'anime. J'émerge de la masse de travail sous laquelle j'ai été enfouie toute la journée, et je m'aperçois qu'un rappel d'un rendez-vous clignote sur l'écran de mon smartphone : celui de mon cours de préparation à l'accouchement. Sans attendre, je bondis de ma chaise, attrape mon sac ainsi que mon manteau et quitte l'agence. À cette heure-ci, c'est la cohue dans les rues de Manhattan : la plupart des New-Yorkais terminent leur journée et leur seul but est de trouver un taxi pour rentrer chez eux. Je fais d'ailleurs partie de cette horde qui se précipite en quête d'un véhicule jaune… À l'instant où l'un d'eux s'arrête près de moi, un homme s'apprête à y entrer à ma place. Il lui suffit d'un coup d'œil à mon ventre imposant pour reconsidérer sa décision et s'éloigner.

Je lâche un profond soupir une fois installée sur la banquette arrière de la voiture, déjà essoufflée. Par la fenêtre, je regarde défiler les boutiques. Bientôt, toute la Cinquième Avenue sera illuminée, les devantures brilleront de mille feux… Les vitrines des grands magasins prodigueront un peu de magie à la population qui se pressera devant elle pour les admirer.

Une fois arrivée à destination, je pénètre à l'intérieur de l'immeuble dans lequel la sage-femme qui me suit depuis le début de ma grossesse prodigue ses cours. Au moment où j'entre dans la pièce, trois couples sont déjà installés.

– Zoe ?

Je me tourne vers la soignante, qui vient de m'interpeller, de la surprise dans la voix.

– Je suis en retard ? je demande.

Je jette un coup d'œil à ma montre et ajoute :

– Il est dix-sept heures trente pile, pourtant.

– Le cours a commencé il y a une demi-heure, m'annonce-t-elle, gênée.

Oh…

Je me liquéfie. Non seulement j'ai du retard, mais en plus, je perturbe la séance pour les autres parents. Et dire que la semaine dernière, j'ai déjà dû annuler un cours…

– Venez, joignez-vous quand même à nous, me propose la sage-femme. Nous étions en train de travailler la respiration, vous prendrez le cours en route. Votre mari n'est pas avec vous aujourd'hui ?

– Malheureusement non, dis-je en m'installant sur le tapis de sol resté libre. Il a été retenu à son travail.

Ce qui n'a pas ravi Ethan du tout, d'ailleurs. Il tente de s'investir dans la grossesse autant que possible et s'efforce de venir à chaque rendez-vous avec moi ; celui-ci est une exception. Je sais qu'en rentrant je devrai lui raconter chaque détail de ce que j'ai appris aujourd'hui… mais comme j'ai loupé la moitié de la séance, les informations que je lui donnerai risqueront de paraître décousues.

Le cours reprend et je ferme les yeux tout en prenant de profondes inspirations, comme le montre la sage-femme… sauf que dans mon sac à main, le vibreur de mon téléphone ne cesse de se faire entendre. Je fais tout pour l'ignorer, serrant les paupières encore plus fort pour tenter de m'accrocher à l'instant présent. Mais après deux nouvelles tentatives d'appel, je craque. J'attrape mon portable et, dans ma précipitation à quitter la pièce pour aller répondre, je me redresse à toute vitesse… ce qui me provoque un vertige.

– Zoe ?

La sage-femme est à mes côtés avant que j'aie réalisé ce qui se passe. De petits points noirs flottent devant mes yeux et mes oreilles bourdonnent.

– Asseyez-vous un instant.

– Il faut que je prenne cet appel, je plaide en tentant de nouveau de me lever.

– Non, hors de question. Vous allez rester assise quelques minutes.

La sage-femme tourne la tête vers les couples situés à ma gauche et les prévient :

– Le cours est terminé. On se voit la semaine prochaine.

Gênée d'avoir interrompu la séance et de m'être fait remarquer, j'évite de croiser le regard des futures mères qui quittent la pièce.

– Est-ce que vous allez bien ? me demande la soignante.

– Oui, ce n'était qu'un vertige…

– Je vous parle en général. J'ai l'impression que vous êtes débordée, Zoe. Est-ce que vous prenez du temps pour vous ?

– Oui.

Le haussement de sourcils de mon interlocutrice me prouve qu'elle n'est pas dupe.

– Écoutez : pour votre propre bien, vous devriez vraiment vous reposer, insiste-t-elle. Un accouchement demande un effort physique intense, vous aurez besoin de toutes vos forces.

– Je sais et je suis désolée pour ce cours et… le précédent. Mais je vous promets que je rattraperai tout ce que j'ai manqué et que le jour J, je serai prête.

Voyant mon entêtement, la sage-femme me dit doucement :

– Je crains que vous ne puissiez continuer comme ça jusqu'à la fin de votre grossesse, Zoe. À un moment, il faudra que vous choisissiez quelle est votre priorité : votre enfant ou votre travail ?

Ses paroles me piquent au vif, aidées par le cocktail d'hormones qui fait rage dans mon corps.

– Je réussirai à être mère *et* cheffe d'entreprise, j'affirme. Je peux être les deux en même temps.

À cet instant, j'y crois sincèrement.

CHAPITRE 3

ZOE

Sleigh Ride
Mariah Carey

– Tout va bien se passer, Zoe. L'univers est avec toi, tu vas gérer.

Je regarde mon reflet dans le miroir et tente de me convaincre de ce que je viens d'affirmer. Malheureusement, les cernes sous mes yeux ne m'aident pas à me trouver persuasive. Cinq semaines, c'est le temps qu'il me reste avant d'arriver à mon terme, et mes nuits commencent à être difficiles, si bien que je peine à me reposer. Je ne sais pas si c'est mon stress ou mon impatience à l'approche de Noël qui se transmettent au bébé, mais en ce moment, il organise de véritables fêtes nocturnes dans mon ventre. Que je sois sur le dos, sur le côté ou enroulée autour de mon coussin de grossesse, rien n'y fait : le sommeil me fuit.

Pourtant, malgré la fatigue, il va falloir assurer.

– Zoe, le petit déjeuner est prêt !

Je quitte la salle de bain après avoir pris une profonde inspiration. Lorsque je rejoins la cuisine, Ethan dépose une assiette de gaufres sur la table.

– J'espère que tu as faim, me dit-il avec un grand sourire.

– Elles ont l'air délicieuses, je réponds, évitant de lui répondre.

Je suis bien trop nouée pour envisager d'avaler quoi que ce soit…

J'attrape la tasse de café décaféinée que mon mari m'a préparée, et tandis que j'en prends une grande gorgée, je sens son regard braqué sur moi. Pour éviter une conversation qui risque de me déplaire, je décide de lancer un sujet neutre :

– Au fait, tu as eu une réponse de la part de ta mère ? Est-ce qu'elle va venir fêter Noël avec nous ?

– Non, elle a décliné l'invitation, répond-il. Philip l'emmène se prélasser sur une île paradisiaque pour les fêtes.

Je dévisage un instant mon mari. Pas une grimace ni d'aigreur dans la voix. Je suis heureuse de constater avec quelle facilité il a accepté le nouveau compagnon de sa mère. Philip et elle se sont rencontrés il y a huit mois, et leur histoire semble être partie pour durer. Après le décès du père d'Ethan, Susan a passé tellement de temps seule qu'elle méritait de retrouver le bonheur, et ça, je crois que mon mari en a conscience.

– Tu ne t'assieds pas ? s'enquiert-il en me voyant siroter ma boisson chaude adossée à l'un des meubles de la cuisine.

– Je vais partir plus tôt pour être sûre que tout est prêt au Rockefeller Center avant l'arrivée du sapin, je lui indique.

– Julia t'a confirmé hier soir que c'est le cas.

– C'est vrai, mais je préfère m'en assurer moi-même.

Ethan soupire, si bien que j'ajoute :

– Tu sais que ce projet est crucial pour mon entreprise et que je vais être un peu moins présente pendant ces prochains jours.

– Ce n'est pas ce qui me préoccupe, ronchonne-t-il.

– Alors dis-moi ce que tu as. Je vois bien que quelque chose cloche. Est-ce que tu es contrarié d'avoir loupé le cours de préparation à l'accouchement d'hier ? Je sais que tu aimes te tenir au courant et que j'aurais dû prendre plus de temps pour te raconter ce qui s'est passé, mais vraiment, je n'ai…

– Bien sûr que non, Zoe, je ne t'en veux pas.

Mon mari attrape doucement mon poignet et m'incite à prendre place sur ses genoux avant de reprendre :

– Le problème, c'est que tu n'arrives plus à dormir la nuit, que tu as une considérable masse de travail à abattre ces prochaines semaines, que notre enfant va pointer le bout de son nez en pleine folie noëlesque et que tu me donnes l'impression de te préoccuper de tout… sauf de toi.

– C'est faux !

Ethan hausse un sourcil, et mes épaules s'affaissent.

– Ne t'inquiète pas pour moi, je lui glisse. J'ai la situation en main.

– Oh, mais c'est justement ce qui m'angoisse : que *tu* sois aux commandes de tout ça. Écoute, Zoe, je t'aime, mais j'aimerais que tu réalises que ton corps n'est pas une machine. Tu es enceinte de huit mois, alors si tu le pousses trop…

– Je ne suis pas inconsciente, Ethan. Je ne mettrais jamais notre bébé en danger.

– Je le sais ! Ce dont j'ai peur, c'est que tu ne t'écoutes pas assez. Toi aussi, tu dois te préserver.

Je pose naturellement mes mains sur mon ventre.

– Promets-moi qu'au moindre problème tu m'appelleras, insiste mon mari.

– Il n'y en aura pas.

– Promets-le-moi.

Je penche la tête sur le côté en détaillant ses traits anxieux, puis je passe les bras autour de son cou et pose mon front contre le sien.

– Promis, je murmure avant d'embrasser ses lèvres.

Je me redresse ensuite et attrape une gaufre encore tiède. Sur un ton faussement léger, je lui lance :

– C'est ça que tu me proposes ? Une gaufre nature ? Apporte-moi du sucre glace, j'ai un peu faim finalement.

Le froid matinal m'assaille dès que je quitte l'appartement. Cette année, l'hiver semble vouloir s'installer bien plus tôt que d'habitude, ce qui n'est pas pour me déplaire. Cela dit, quand je pense à la journée que mon équipe et moi allons passer à l'extérieur, je m'inquiète un peu de l'impact des températures négatives sur le moral des troupes. Mais, quoi qu'il arrive, nous allons devoir faire avec les obstacles que Dame Nature mettra sur notre route…

Ma préoccupation première, aujourd'hui, c'est le sapin. À l'heure qu'il est, il doit certainement se trouver à mi-chemin de Manhattan. Je n'aimerais pas être à la place du chauffeur qui va devoir manœuvrer un tel mastodonte dans les rues de New York…

Lorsque j'arrive devant le Rockefeller Center, quelques employés de la mairie sont déjà présents. Je salue Carl, avec qui je suis en contact depuis le début du projet.

– Zoe, comment allez-vous ? me lance-t-il avant de serrer chaleureusement ma main.

Il remarque évidemment mon ventre de plus en plus imposant et ajoute, l'œil pétillant :

– La dernière fois que je vous ai vue, c'était à la fin de l'été, il me semble.

– Le changement est flagrant, je sais.

– Vous êtes rayonnante !

Je souris pour le remercier. Après les politesses, il m'expose la façon dont va se dérouler la journée.

– Nous avons reçu un appel du chauffeur. Il n'y a eu aucun incident sur la route, il livrera dans les temps. Si tout se passe bien, les manœuvres pour l'installation du sapin devraient prendre une heure environ, malheureusement…

– Je déteste ce mot, Carl, je le coupe en grimaçant.

– Je sais, mais nous sommes tributaires de la météo et je crains que le vent ne nous pose problème. Il commence à se lever, et cela risque de nous ralentir.

– Pensez-vous que l'installation puisse être reportée à demain, dans le cas où les conditions ne seraient plus favorables ?

– Nous n'aurions pas le choix, mais cela vous ferait perdre de précieuses heures de décoration… Nous allons donc tout faire pour tenir les délais prévus. Une fois que le sapin sera installé, des brise-vue opaques seront positionnés tout autour de lui pour le masquer aux passants et garder la surprise intacte.

– Des brise-vue ? je relève. L'arbre fait…

– Trente et un mètres, complète Carl. C'est le plus grand que nous ayons eu, vous savez…

– Je n'aime pas faire les choses à moitié, je réponds avec un sourire en coin.

– J'avais remarqué. Pour en revenir aux brise-vue, ils ont été conçus pour cacher la plus grande partie du projet sans pour autant vous empêcher de travailler. Quand arrivent les décorations ?

– Les guirlandes lumineuses et le matériel électrique seront livrés aujourd'hui. Quand tout sera réglé du côté des branchements, nous passerons aux ornements.

– Je suis impatient de voir le résultat.

Carl est soudain hélé par deux employés, et il s'excuse avant de s'éloigner. Presque aussitôt, plusieurs camions de la ville se garent sur l'esplanade pour décharger les brise-vue. Effectivement, vu leur hauteur, il y a peu de risques que des curieux puissent apercevoir le sapin avant le jour J.

En attendant l'arrivée de l'arbre star, je traverse la rue pour me rendre dans un café et commander des boissons chaudes pour mon équipe, qui doit me rejoindre sous peu. Tandis que, les mains chargées de gobelets brûlants et de pâtisseries, je quitte la boutique, je ressens un élancement soudain dans mon ventre. Une douleur aussi surprenante que vive, qui m'arrête net. Elle ne s'était pas manifestée depuis septembre, mais je la reconnais aussitôt.

Figée sur le trottoir, je retiens mon souffle, espérant que cela ne se reproduise pas. Quand, après quelques secondes, l'alerte semble passée, je m'autorise à respirer.

– Pas maintenant, petit bébé, je murmure. Reste encore au chaud pour le moment, s'il te plaît.

Fébrile, je retourne devant le Rockefeller Center, puis je distribue les provisions à mes collaborateurs déjà sur place. Quelques minutes plus tard, Julia fait son apparition. Dès qu'elle croise mon regard, elle me lance sans préambule :

– Qu'est-ce qui se passe ?

– Comment ça ? je réponds en haussant les sourcils.

– Pas à moi, Zoe. Tu es plus pâle que d'habitude, et je vois bien que tu es troublée… Alors ?

Je plisse les lèvres, tentée de trouver une excuse pour ne pas avoir à exposer la situation… mais je sais déjà que Julia ne me laissera pas en paix tant qu'elle n'aura pas obtenu la vérité.

– Ce n'est rien, j'affirme en me forçant à sourire. Le bébé est juste très en forme aujourd'hui et il me le fait savoir.

Les yeux de mon amie s'étrécissent.

– Qu'est-ce que tu entends par « en forme » ?

– Juste… en forme ! je répète.

– Zoe, ne me dis pas que tu as déjà des contractions ?

– Non… Non, évidemment que non… Enfin, il me reste encore plus d'un mois avant mon terme, donc c'est trop tôt.

– Sauf que c'est le bébé qui décide quand il a envie de faire son arrivée, pas toi, insiste Julia en croisant les bras. Rassure-moi, si tu sentais que quelque chose ne va pas, tu me le dirais ? Tu sais que l'équipe et moi on peut prendre la relève si tu as besoin de te reposer.

– Mais tout va bien ! Vraiment.

Heureusement pour moi, l'arrivée d'un convoi impressionnant coupe court à notre discussion.

Chargé sur un énorme camion repose le sapin tant attendu. Le voir me fait frémir d'impatience.

Immédiatement, la place du Rockefeller Center est vidée par les employés de la mairie. Tout le monde regarde le chauffeur manœuvrer son véhicule pour positionner correctement le conifère. Sanglé à trois endroits, l'arbre est ensuite délicatement soulevé par une grue. Regroupés dans un périmètre de sécurité, de nombreux New-Yorkais observent, fascinés, la mise en place du mastodonte.

La première fois que je l'ai vu, il était entouré d'autres sapins, et même si je savais qu'il était impressionnant, je me rends compte que je n'avais pas pleinement réalisé à quel point. Là, alors qu'il descend centimètre par centimètre vers le sol, je le constate vraiment. Fier, immense, imposant… Une fois que mes équipes et moi en aurons terminé avec lui, cet arbre sera l'un des plus majestueux jamais exposés au Rockefeller Center, j'en suis certaine.

Au bout de deux heures de travail, il est enfin solidement arrimé. Autour de moi, chaque employé des « Lutins du père Noël » est présent, et ils ont tous les yeux rivés vers la cime de la star du jour. Envahie par l'excitation, je donne le top départ de notre intervention en lançant un enthousiaste :

– Au travail !

CHAPITRE 4

ETHAN

Cozy Little Christmas
Katy Perry

– … en plus, je déteste ma belle-mère. Elle trouve toujours quelque chose à critiquer : la dinde n'est pas assez cuite, les légumes sont trop fades, la table est trop chargée… Et tu veux savoir le pire ? C'est que mon mari ne dit jamais rien. C'est comme s'il n'osait pas remettre en question l'avis de sa mère.

Bien que les babillages de Kim m'indiffèrent, je continue à l'écouter s'épancher sur l'anxiété qu'elle ressent à l'approche de Noël.

– Bref, je suis convaincue que les fêtes de fin d'année ont été inventées pour nous torturer, reprend-elle. Tu t'entends bien avec tes beaux-parents, toi ?

Je souris en prenant une gorgée de café. Comment ne pas aimer Nicole et Gerald ? Pendant longtemps, je n’ai pas eu conscience de ce que le mot « famille » pouvait signifier… jusqu’à ce que je rencontre les Reynolds et qu’ils m’accueillent dans leur foyer.

– Ils sont géniaux, j’affirme. J’ai vraiment beaucoup de chance.

– Oh, c’est vrai que tu es marié depuis un an seulement. Pour l’instant, tout est beau et rose… mais on en reparlera dans une dizaine d’années.

Kim s’esclaffe, me met une tape sur l’épaule puis s’éloigne. Je lève les yeux au ciel en retournant à mon bureau.

S’il y a bien une chose qui m’est intolérable, ce sont les gens qui projettent leurs propres échecs sur les autres. Ce n’est pas parce que le mariage de ma collègue n’a rien d’idyllique que celui que je forme avec Zoe doit forcément prendre le même chemin.

Un sourire prend place sur mes lèvres lorsque je pense à mon épouse, et il s’élargit encore plus quand mes yeux tombent sur une photo prise lors de notre échange de vœux, encadrée près de mon ordinateur.

Ma Zoe…

Je n’arrive pas à croire que j’aie pu si longtemps vivre sans elle. Et dire que dans quelques semaines nous allons devenir parents… Quand j’y pense, je ne ressens rien d’autre qu’une joie immense à l’idée de fonder ma propre famille avec la femme que j’aime. J’ai une telle confiance en Zoe, en notre couple… Je sais que, quoi qu’il arrive, nous nous soutiendrons toujours dans notre rôle de parents.

Penser à cela me pousse à ressortir de mon sac le petit carnet sur lequel je note les prénoms qui me plaisent, et j'en profite pour envoyer à Zoe les nouvelles idées que j'ai eues sur le chemin du bureau ce matin :

Pour un garçon :
Lennon
Nollan
Christopher
Matthew
Carter

Le choix du prénom de notre futur enfant fait partie de nos préoccupations les plus pressantes ces temps-ci. Pour l'instant, la liste des coups de cœur est vide, celle des « hors de question » est aussi longue que mon bras et celle des « pourquoi pas » compte quelques lignes.

– Ethan ?

Je lève la tête et j'aperçois Lynn, ma rédactrice en chef, qui m'appelle tout en traversant l'*open space*.

– Tu peux venir une seconde, s'il te plaît ? me demande-t-elle.

Sans attendre, je la rejoins dans son bureau. Généralement, quand elle me convoque ainsi, c'est pour me proposer un nouvel article ou pour m'annoncer un déplacement professionnel. Mais à cet instant, tandis que je croise son regard pétillant, je devine que c'est d'autre chose dont il est question.

– Tu as l'air d'excellente humeur, je souligne en prenant place sur une chaise.

– Quand mes poulains sont reconnus à leur juste valeur, je suis forcément joyeuse.

Je hausse les sourcils. Ma rédactrice en chef s'explique alors :

– Tu sais que, chaque année, l'Académie du journalisme et des médias se réunit pour récompenser les professionnels qui ont marqué les derniers mois grâce à leur travail.

– Oui…

– Figure-toi que je viens de recevoir un coup de fil de la part du président du jury. Il tenait à m'annoncer que, pour cette édition, le prix du meilleur espoir reviendrait à un certain… Ethan French.

Mes yeux s'écarquillent. Lynn se penche vers moi et poursuit :

– Ton article sur Crane a fait beaucoup de bruit, Ethan, et tes pairs tiennent à te récompenser pour la qualité de ton enquête.

– Tu es sérieuse ?

– Absolument.

Peu importe le métier que l'on exerce, il semble normal d'espérer être récompensé pour le travail accompli, ou au moins reconnu à sa juste valeur. En choisissant de devenir journaliste, je savais qu'il serait possible qu'un jour mes papiers soient primés… mais la plupart du temps, mes confrères achèvent leur carrière sans avoir reçu de distinctions.

Cette nouvelle me prend donc de court, mais évidemment, elle me ravit aussi.

– La remise des prix aura lieu le 19 décembre au Plaza, reprend Lynn. Je suppose que tu viendras accompagné de Zoe ?

– Oui, évidemment… Bon sang, je n'arrive pas à y croire.

– Moi, je ne suis pas surprise. Tu es un excellent élément, Ethan, et je suis certaine que ce prix ne sera pas le dernier que tu te verras décerner. Mais que cela ne t'incite pas à te reposer sur tes lauriers ! Tu as encore beaucoup de politiciens véreux à débusquer.

– Compte sur moi. Lynn… Merci de m'avoir donné ma chance.

– Avec plaisir.

À ma pause déjeuner, je n'ai qu'une idée en tête : aller retrouver Zoe pour lui annoncer la bonne nouvelle. Avant de rejoindre le Rockefeller Center, je décide de faire un arrêt dans un petit restaurant sur la Cinquième Avenue pour nous acheter de quoi manger. Les repas en main, je traverse ensuite les rues de New York, dont l'effervescence ne faiblit jamais. La Grosse Pomme est l'une des destinations préférées des touristes, et à l'approche de décembre ils sont de plus en plus nombreux à débarquer ici. Sur l'esplanade où l'entreprise de Zoe s'active, l'agitation est particulièrement intense. Malgré de hauts brise-vue, je repère de nombreux employés qui papillonnent tout autour du sapin qu'ils sont chargés de décorer en un temps record. Mon accro à Noël, elle, est pour l'instant introuvable.

– … plus de guirlandes, il faut que chaque branche en soit recouverte.

Ah, la voilà.

Même si je ne la vois pas encore, j'ai reconnu sa voix. Elle est cependant teintée d'une intonation plutôt sèche qui ne lui ressemble pas et ne ressort que lorsque le stress est à son comble chez elle.

Je me rapproche encore et la repère alors qu'elle passe entre deux brise-vue. Son ventre bien rond la précède tandis qu'elle se dirige d'un pas décidé vers une camionnette estampillée « Les Lutins du père Noël ».

– Quelle démarche chaloupée, dis-je en haussant la voix.

Zoe se retourne, les sourcils d'abord froncés. Lorsqu'elle m'aperçoit, son visage s'illumine.

– Ethan ?

Je parviens enfin jusqu'à elle, me penche et dépose un baiser sur ses lèvres.

– J'ai apporté le déjeuner, je lui annonce. Est-ce que tu as quelques minutes à m'accorder ?

– Euh… je ne sais pas trop, répond-elle en se passant une main sur le front.

Elle se retourne et porte son attention sur le chantier du sapin.

– J'ai peur que ce soit un peu…

– Salut Ethan ! me lance Julia, qui passe près de nous à cet instant pour rejoindre la camionnette, un carton dans les bras. Bonne idée, ce déjeuner improvisé. Zoe allait justement prendre une pause.

– Non, je…

– Si, si, c'était exactement ce que tu allais faire, insiste Julia.

Mon épouse ronchonne, j'interviens donc :

– Je ne veux pas te mettre en retard dans ton planning. Si tu ne peux pas te libérer, je comprends, tu sais.

– Non, ne t'inquiète pas, c'est bon, abdique-t-elle. Allons-y.

Elle prend ma main et nous conduit près des marches, sur lesquelles nous nous asseyons. J'ouvre mon sac en papier et en sors deux repas chauds que je dépose devant nous.

– Alors ? Comment ça se passe ? je demande en tendant des couverts à Zoe.

– On en est seulement au début. Le sapin est en place depuis une petite heure, on est en train de s'attaquer aux guirlandes ainsi qu'aux branchements.

Tout en parlant, elle pioche dans son plat alors que sa main gauche passe et repasse sur son ventre, dans un mouvement instinctif. Je laisse s'écouler quelques minutes pendant lesquelles je la dévisage. Ma Zoe, d'ordinaire insatiable sur les détails de son travail, est plongée dans un silence étrange. En plus, le pli soucieux entre ses sourcils m'alerte.

– Tout va bien ? je m'enquiers.

– Bien sûr, affirme-t-elle. Comment s'est passée ta matinée ?

Un sourire s'installe immédiatement sur mes lèvres.

– Puisque tu évoques le sujet, c'est justement l'une des raisons de ma présence ici.

Heureux d'avoir attisé la curiosité de Zoe, je poursuis :

– Lynn m'a annoncé une très bonne nouvelle… L'Académie de journalisme va me décerner le prix du meilleur espoir pour mon papier sur Crane.

– Oh mon Dieu, Ethan, c'est génial !

Zoe se débarrasse de son repas et me saute au cou. En riant, je la serre contre moi. Son ventre nous empêche d'être totalement collés l'un à l'autre, mais j'aime sentir mon enfant de cette façon et avoir la sensation qu'il participe à notre étreinte.

– Je suis si heureuse pour toi… murmure mon épouse. Est-ce qu'une remise des prix est prévue ?

– Oui : le 19 décembre au Plaza. Tu es invitée, mais comme tu seras proche de ton terme, peut-être que…

– Tu plaisantes ? Je ne manquerais ça pour rien au monde !

– Zoe, vraiment…

– Je serai là ! Je veux voir mon mari être récompensé pour son excellent travail.

Elle me sourit, embrasse ma joue, puis reprend son déjeuner.

– As-tu vu le message que je t'ai envoyé dans la matinée ? je l'interroge.

– Non, désolée, je reste concentrée sur le sapin pour éviter tout retard. Qu'est-ce que tu me disais ? Tu avais besoin de quelque chose ?

– Pas du tout. Je te faisais juste part de quelques idées de prénoms.

– Je les regarderai plus tard, promis.

Zoe avale à peine cinq bouchées supplémentaires de son plat, puis elle se lève et m'annonce avec une moue déçue :

– Je suis désolée, mais il faut que j'y retourne. On a tellement de choses à faire…

– Tu ne finis pas ton repas ?

– Je n'ai pas le temps, Ethan.

– Pas le temps de manger ? je m'insurge.

– N'en fais pas un drame. Le bébé a eu ce qu'il faut, c'est ce tout ce qui compte. Moi, j'ai besoin de m'assurer que tout se déroule comme prévu.

J'aimerais protester, tenter de la convaincre de rester encore un peu avec moi, mais elle me vole un autre baiser et s'éloigne en direction de l'esplanade d'un pas rapide.

Un peu trop d'ailleurs, vu son état.

– S'il vous plaît, où sont les guirlandes ? Il en faut au moins deux fois plus ici ! lance-t-elle en disparaissant derrière les brise-vue.

Laissé seul, je termine mon déjeuner, puis je quitte le Rockefeller Center un peu plus morose qu'à mon arrivée.

CHAPITRE 5

ETHAN

Christmas (Baby Please Come Home)
Mariah Carey

Les jours s'enchaînent et une routine se met en place. Zoe quitte l'appartement tôt, rentre tard, et pour la troisième fois de la semaine, je dîne seul.

Je n'en suis pas fâché, je n'ai d'ailleurs aucune raison de l'être. Ma femme est passionnée par son travail et c'est quelque chose que je comprends mieux que quiconque. Mais à cause de nos vies à cent à l'heure, je chéris chacun des moments que nous passons ensemble, en particulier nos dîners à deux.

Tout en mangeant, je fais défiler sur ma tablette des rapports que j'ai réussi à me procurer auprès de connaissances dans la police. L'élection présidentielle approche et il me semble important de renseigner mes concitoyens sur les candidats qui comptent s'y présenter.

J'entends soudain un bruit de clés dans la serrure. La porte d'entrée s'ouvre et Zoe apparaît, un sac à la main, téléphone collé à son oreille.

– Je sais que c'est un peu juste niveau délais, mais on va le faire… Chad, ce n'est pas la première fois que ça arrive, les demandes de dernière minute… Je sais… D'accord, mais nous n'avons pas le choix.

Elle referme la porte d'un coup de talon, puis elle entre dans la cuisine tout en poursuivant sa conversation :

– Oui c'est bien ça : 239 bottes en tissu à broder d'un « *Merry Christmas* » au fil d'or. Réquisitionne tous ceux de l'équipe créa qui pourront te donner un coup de main… Tu es génial, Chad.

Enfin, elle raccroche, pose les yeux sur moi… et laisse glisser son sac de son épaule, attristée.

– Oh non, geint-elle. J'espérais que tu n'aurais pas encore dîné.

– Désolé, Zoe, mais il déjà vingt et une heures…

Déçue, elle s'approche tout de même et dépose son cabas sur la table. Lentement, elle en sort des cartons ornés d'un logo que je reconnais immédiatement : c'est celui de l'un de nos restaurants préférés.

– Les lasagnes de chez Jo, dit-elle, une moue déçue étirant ses lèvres.

En plus des plats chauds, elle tire une nouvelle boîte, plus large que les deux autres. En l'ouvrant, elle retrouve le sourire.

– J'ai pris une sélection de desserts aussi… Est-ce que tu as envie d'en partager un avec moi ?

– À ton avis ?

– Génial. Je vais prendre une douche rapide et je reviens dans quelques minutes. Cette part de gâteau au chocolat me fait saliver depuis que je l'ai vue en vitrine.

– Elle sera toute à toi.

Tandis que j'entends l'eau qui commence à couler dans la salle de bain, je débarrasse mon dîner, mets les lasagnes au frais – nous les dégusterons demain pour le déjeuner –, puis je sors une assiette et dépose dessus les quatre pâtisseries que Zoe nous a rapportées. Je réserve pour elle le moelleux au chocolat et jette mon dévolu sur un gâteau à la pistache. Une fois que tout est prêt, je m'installe à table en attendant mon épouse. Sauf que je réalise que si la douche est toujours en marche, il n'y a aucun autre bruit.

– Zoe ? Tout va bien ?

Ma question restant sans réponse, je me dirige vers notre chambre pour m'assurer qu'elle ne rencontre aucun problème. J'en ouvre la porte… et je découvre alors ma Zoe étendue sur le lit, les genoux recroquevillés sous son ventre, tranquillement endormie.

Discrètement, je me rends dans la salle de bain pour couper l'eau, puis je retourne auprès de mon épouse. Elle n'a pas eu le temps de retirer plus que son manteau, ses bottes et ses chaussettes avant que le sommeil ne l'emporte. Désireux qu'elle puisse se reposer en étant à l'aise, je lui ôte doucement son jean ainsi que son pull. Cela me fascine toujours de constater à quel point son ventre est devenu imposant. Je ne saurai jamais ce que c'est que porter un enfant, mais en vivant la grossesse auprès de Zoe, j'ai réalisé à quel point les femmes sont fortes et courageuses.

Elle bouge lorsque je dégrafe son soutien-gorge, puis elle ouvre difficilement les paupières au moment où je lui passe un de ses tee-shirts.

– Je repose mes yeux cinq minutes et j'arrive tout de suite… grommelle-t-elle en remontant la couverture sous son menton.

– Bien sûr, je murmure avant de déposer un baiser sur sa tempe.

Je quitte ensuite la chambre, éteins la lumière et retourne dans la cuisine. Manger ces délicieux desserts seul est loin de me réjouir. Je décide donc de les placer au frais eux aussi.

En reprenant place à table pour continuer d'étudier les documents qui m'ont été envoyés, je pense au fait que Zoe vient de se coucher sans dîner. Je ne sais pas si son manque d'appétit est normal à la fin d'une grossesse, s'il est préférable pour elle de faire passer son sommeil en priorité, ou pire, si elle est tellement occupée qu'elle en oublie de manger, mais une chose est sûre : elle m'avait promis de prendre soin d'elle et je constate que c'est loin d'être le cas.

Les températures se sont un peu radoucies par rapport à ces derniers jours et ce n'est pas pour me déplaire. À New York, l'hiver, on ne le vit pas à moitié, et pour un amateur d'été et de chaleur comme moi, cette période de l'année peut parfois paraître interminable.

Si Zoe était là, elle serait déjà en train d'argumenter pour tenter de me convaincre qu'il s'agit de la meilleure des saisons et je finirais par plisser les lèvres en me fendant d'un hochement de tête pour mettre fin au débat...

J'arpente le trottoir en direction de mon bureau, comme beaucoup d'autres New-Yorkais matinaux. Quand je le peux, je préfère marcher plutôt que prendre le métro : cela me permet d'admirer les environs.

J'arrive à un croisement et trottine pour m'empresser de traverser lorsqu'une berline noire se gare le long du trottoir, m'empêchant de poursuivre mon chemin. En bon New-Yorkais d'adoption, je m'apprête à râler, quand la vitre arrière s'ouvre. Un homme, la soixantaine, me fixe droit dans les yeux.

– Bonjour, monsieur French, me salue-t-il.

Je détaille le visage de mon interlocuteur et, soupçonneux, je lui réponds :

– Est-ce qu'on se connaît ?

– Nous n'avons pas encore eu la chance de nous rencontrer, non. Je suis Adam Sinclair, l'attaché de presse d'Edmond Cipriani, l'un des…

– … candidats à la présidentielle, je termine à sa place. Cela ne me dit pas pourquoi vous êtes ici et comment vous avez su que je m'y trouverais précisément à cet instant.

Adam sourit, énigmatique, et je dois reconnaître que je n'aime pas du tout ça. Je n'irais pas jusqu'à dire que je risque ma vie en exerçant mon métier, mais il est vrai qu'en enfilant la cape de justicier et de dénonciateur des magouilles d'hommes politiques de premier plan, je m'expose à de possibles représailles. Crane, le sénateur véreux dont j'ai exposé les divers blanchiments d'argent, a tenté de m'intimider à coup de lettres recommandées et de menaces de procédures de la part de ses avocats. Il faut dire qu'à cause de mon papier, il a dû renoncer à son siège au Sénat.

– Vous n'avez rien à craindre, me rassure Adam, comme s'il lisait dans mes pensées. Monsieur Cipriani aimerait vous faire une proposition.

– Il peut demander un rendez-vous avec moi, dans ce cas.

– Vous vous doutez bien que c'est un homme occupé, rétorque l'attaché de presse. Écoutez, permettez-moi d'insister. Installez-vous avec moi, je vous expliquerai tout. Je vous le répète, vous n'avez aucune raison d'être méfiant.

Au contraire, j'en vois une bonne dizaine, dont la première est élémentaire et m'a été apprise dès mon plus jeune âge : ne jamais monter dans la voiture d'un parfait inconnu. Encore moins quand ce dernier semble bien trop pressé de vous convaincre de le faire.

Cependant, j'admets qu'Adam a éveillé ma curiosité.

– Je me trouve à sept minutes de mon bureau. Je vous accorde le temps de ce trajet.

– Fantastique ! s'exclame l'attaché de presse.

Une fois que j'ai refermé la portière de la voiture derrière moi, le chauffeur démarre et rejoint la circulation. Je m'attends à ce que mon interlocuteur engage immédiatement la conversation, mais il reste étonnamment silencieux. Tellement que je me permets de lui rappeler :

– Il ne vous reste déjà plus que six minutes.

Il s'esclaffe puis se lance enfin :

– Edmond a lu votre article sur Franck Crane, et moi aussi. Il nous a beaucoup plu et nous en sommes rapidement venus à une conclusion : nous aimerions vous engager.

– M'engager ? je répète.

– C'est exact, en tant que journaliste durant la campagne de monsieur Cipriani.

Il s'apprête à développer mais, ayant compris où il veut en venir, je l'arrête :

– Mon travail, c'est d'informer, pas d'influencer. Le principe de neutralité vous dit quelque chose ?

– Il ne s'agit en aucun cas de vous faire publiquement prendre position. Edmond souhaite simplement se montrer aussi transparent que possible auprès de ses électeurs. C'est pour cela que, si vous acceptez, vous le suivrez dans tous ses déplacements, vous assisterez aux réunions stratégiques et vous aurez accès à des pans de sa vie privée. Cela pourrait être une très bonne opportunité pour vous et une plongée au cœur de la vie politique. Peut-être même que certaines indiscrétions au sujet de nos concurrents pourraient vous revenir aux oreilles…

La façon dont il dit cela me fait tiquer.

– Si je comprends bien, toutes les informations que monsieur Cipriani voudra bien me communiquer lui donneront l'air d'un saint, mais discréditeront ses adversaires ? je résume.

Adam se contente de m'observer en souriant légèrement. Agacé, j'assène :

– Vous savez, monsieur Sinclair, je ne suis pas un débutant. Je sais parfaitement où vous souhaitez m'emmener, mais je refuse d'y aller. Je ne sacrifierai pas mon intégrité pour servir votre candidat. Comme je vous l'ai dit, mon métier n'a pas vocation à influencer mais à relater des faits et à exposer la vérité. La vérité *vraie,* pas celle qui vous arrange.

– Je crois que nous nous sommes mal compris…

– Au contraire, cette conversation a été on ne peut plus claire. J'ai décidé de moi-même d'enquêter sur les candidats à la présidentielle, et si le vôtre est aussi irréprochable qu'il aimerait que je le dise, il n'a aucun souci à se faire. Alors, pour répondre à votre question : merci pour l'offre, mais non merci.

Au loin, j'aperçois le building à l'intérieur duquel se trouvent les bureaux du *TIME*. Comme Adam voit que je m'apprête à quitter le véhicule, il décide d'énoncer son dernier argument :

– Le salaire est plus qu'alléchant, monsieur French.

– Je gagne très bien ma vie.

Le chauffeur de la berline se gare devant le gratte-ciel. Au moment où je pose une main sur la poignée de la portière, je sens celle de l'attaché de presse agripper mon bras.

– Nous n'avons aucune envie de vous avoir pour ennemi, déclare-t-il, mais je crois que vous n'aimeriez pas non plus que l'inverse se produise.

Lentement, je me tourne dans sa direction, soutenant son regard. Comprenant qu'il est allé trop loin, il me relâche et se racle la gorge.

– Avisez-vous de me menacer encore une fois et vous comprendrez effectivement que m'avoir pour ennemi est l'une des pires choses qui pourraient vous arriver, j'articule. Au revoir, monsieur Sinclair.

Je descends de la berline et rejoins mon bureau, plus déterminé que jamais à faire triompher la vérité.

CHAPITRE 6

ZOE

Somewhere In My Memory
John Williams

– Non, maman, Ethan et moi ne nous sommes pas encore mis d'accord sur un prénom pour le bébé.

– Vous êtes sûrs de ne pas vouloir connaître le sexe ? Ça vous aiderait certainement à faire un choix.

– On tient vraiment à avoir la surprise, dis-je en grimpant les marches de l'esplanade du Rockefeller Center.

– Bon, je comprends… Au fait, tu as pu consulter le menu que ta sœur et moi proposons pour Noël ? Je sais que tu es très occupée, mais on aimerait juste savoir s'il te convient.

– Je suis désolée, mais comme tu l'as dit, je suis débordée en ce moment, alors non, je n'ai pas encore pu regarder votre menu… Cela dit, je sais que quoi que vous ayez décidé de cuisiner, ce sera parfait, comme toujours. Je mettrai la main à la pâte pour vous aider le moment venu, d'ailleurs.

– Certainement pas ! s'insurge ma mère. Tu vas donner naissance à mon petit-fils ou à ma petite-fille en plein rush noëlesque, alors ta seule mission sera de te reposer. Pour le reste, on s'occupe de tout.

Cette phrase, bien qu'habituelle dans la bouche de mes parents, me fait chaud au cœur.

– Merci, maman, je souffle.

Puis, en apercevant mes équipes déjà à l'œuvre, j'ajoute :

– Je vais devoir te laisser…

– Oh, attends une seconde. Est-ce que tu as changé d'avis à propos de la *baby shower* ?

Je lève les yeux au ciel. Ce n'est pas que je suis contre l'idée d'organiser un tel événement, c'est juste que je n'ai absolument pas le temps de me pencher là-dessus, ni même d'y participer d'ailleurs. Ma mère et Rosie se sont proposées de tout préparer et je leur en suis reconnaissante, mais je préfère me concentrer sur mon travail et rien d'autre.

– Non, je n'ai pas changé d'avis, je déclare. Merci quand même d'y avoir songé.

– De rien, ma chérie. Je ne vais pas te retenir plus longtemps, je sais que tu as du pain sur la planche, mais… fais attention à toi, d'accord ?

La sollicitude des personnes qui m'entourent me touche… et m'agace en même temps. Depuis que je suis enceinte, j'ai l'impression que les gens me voient comme « fragile », « à ménager », et surtout, qu'ils pensent que je ne suis plus apte à faire mon travail comme avant. En ce moment, je n'ai qu'une seule envie, leur prouver qu'ils ont tort. Je n'ai même plus que ça en tête.

Après avoir rassuré ma mère, je raccroche et me glisse enfin derrière les brise-vue. Il reste une semaine avant la grande illumination ; au cours de ces derniers jours, mon équipe et moi avons essuyé des contretemps, notamment à cause de surtensions qui nous ont obligés à remplacer de nombreuses ampoules des guirlandes. Mais ça y est, près de dix kilomètres de lumières sont répartis sur les branchages du sapin. Aujourd'hui, nous sommes enfin passés à la partie que je préfère : les décorations. Je ressens une profonde joie en voyant les boîtes qui sont vidées au fur et à mesure de notre avancée. Parmi les nombreux cartons qui sont en train d'être déchargés de la camionnette se trouvent environ trois mille boules en verre, allant de la teinte givrée au bleu roi. Le rendu lorsque la lumière des guirlandes se reflétera sur ces ornements promet d'être spectaculaire.

La partie basse du sapin est déjà décorée. Petit à petit, nous allons nous rapprocher de la cime, mais il va falloir encore nous armer de patience avant de l'atteindre.

– Allez, allez, on se dépêche, tout le monde ! s'écrie Julia. Plus vite vous aurez vidé la camionnette, plus vite je pourrai faire un nouveau voyage jusqu'à l'atelier !

Dans la poche de mon manteau, la sonnerie de mon téléphone retentit. Ce bruit me fait serrer les dents. J'ai l'impression de l'entendre mille fois par jour, et je commence à saturer. Mais je ne peux pas refuser l'appel du fleuriste – je ne peux en refuser aucun, d'ailleurs.

– Henry ! je m'exclame en guise de salutations. Que me vaut ce plaisir ?

– Je suis devant la porte de votre atelier pour vous livrer les poinsettias, mais il ne semble y avoir personne.

Je fronce les sourcils.

– Les poinsettias ? je répète. Ce n'est pas aujourd'hui que nous sommes censés les recevoir !

J'entends résonner à l'autre bout du fil un bruit de papier froissé.

– C'est bien la date du 23 novembre qui a été validée, déclare mon fournisseur.

J'éloigne le smartphone de mon oreille et me tourne vers mes employés.

– Qui s'est occupé de caler la livraison des poinsettias ? je demande.

– C'est moi ! réagit Simon, deux cartons en main. Il y a un problème ?

– Dans la mesure où j'en avais besoin pour le 3 décembre seulement, oui, il y a effectivement un souci.

Sourcils froncés, mon employé tente de se justifier :

– C'est toi qui m'as donné cette date, Zoe.

– Je suis sûre que non, dis-je, contrariée qu'il ose essayer de rejeter la faute sur moi.

Je sais que je cours dans tous les sens en ce moment, mais si j'avais prévu une livraison susceptible de me mettre dans l'embarras, je m'en souviendrais.

– Tu es certaine ? insiste-t-il.

– Simon… je soupire.

– D'accord… Je suis désolé, Zoe, j'ai dû être distrait par tout le reste et m'emmêler dans les dates.

– Et qu'est-ce que je fais de vingt-quatre poinsettias, moi, maintenant ? Où est-ce que je les stocke pour les dix prochains jours ?

Mal à l'aise, Simon ne sait pas quoi me répondre. Soupirant de nouveau, je reprends la communication avec le fleuriste.

– Henry, est-ce que vous pourriez rapporter les fleurs dans votre serre, s'il vous plaît ? Il m'est impossible de les conserver dans mes bureaux, encore moins dans l'atelier. Il est évident que, comme c'est une erreur de notre part, je vous paierai le déplacement d'aujourd'hui.

– Ça marche. Je vous les rapporte le 3 décembre.

– Merci.

Sur ce, je raccroche. Simon tente encore de s'excuser, mais je lui fais comprendre d'un geste de la main qu'il faut passer à autre chose.

Le bal des cartons se poursuit sous mon œil vigilant. En voyant le rythme toujours plus dynamique de mes équipes, je commence enfin à me détendre.

– Je nous trouve vraiment efficaces aujourd'hui, dis-je pour motiver les troupes. Si on parvient à décorer le second quart du sapin pour la fin de l'après-midi, vous pourrez tous rentrer plus t…

Le boucan qui résonne alors derrière moi me pétrifie. Je n'ai besoin que d'un instant pour comprendre ce qui vient de se produire. Ce bruit de verre brisé, je le redoute à chaque nouveau projet.

– Non… je laisse échapper dans un murmure.

Je n'ai pas envie de me retourner, je refuse de voir l'ampleur des dégâts, et le silence qui pèse sur mes employés renforce mes craintes.

– Pitié, non…

Rassemblant tout mon courage, je finis par pivoter… et la scène que je découvre est encore pire que ce que j'avais imaginé. Dix cartons sont sur le sol, et pas moins de trois cents boules en verre sont éclatées sur le bitume.

– Je suis désolé, Zoe, commence Louis, horrifié.

De tous les cartons qu'il avait chargés sur son diable, un seul est rescapé.

– Je ne me suis pas rendu compte qu'il y avait un obstacle sur mon chemin et…

– Il n'y en a pas d'autres, je le coupe. Ces pièces sont… Elles sont uniques. Nous en avons créé trois mille et il va en manquer trois cents…

– Zoe, vraiment, je…

– Mais qu'est-ce qui vous arrive en ce moment ? je m'emporte, tranchante. Les retards, les erreurs, et maintenant, de la casse ?

La colère s'installe en moi à une vitesse folle. Mais en voyant tous mes collaborateurs figés, comme victimes d'un arrêt sur image, je me force à me reprendre :

– Ce qui est fait est fait ! Je vais… Oui, je vais trouver une solution, je vais…

Je passe une main sur mon visage et soupire, parce que c'est certainement le plus gros aléa auquel j'ai été confrontée depuis que j'ai fait mes débuts dans l'événementiel.

– Je vais trouver… Je *dois* trouver quelque chose.

Je commence à faire les cent pas, tentant de garder la maîtrise de moi-même devant mes équipes qui reprennent malgré tout le travail. Mais le stress n'en finit pas d'enfler en moi, et plus je tente de dédramatiser, plus mon cœur accélère.

– Je vais trouver, je vais trouver.

Une vive douleur, désormais tristement familière, prend alors place dans mon bas-ventre.

Non, non, pas ça !

– Je dois trouver une solution, laisse-moi le temps de trouver une solution, je murmure en posant une main sur mon abdomen, tout en essayant de reprendre mon souffle.

– Zoe ! me hèle Julia. Je vais retourner à l'atelier et voir ce que je peux y trouver.

– Non ! je l'arrête. C'est moi qui vais y aller.

– Sois sérieuse, on a besoin de toi pour superviser les opérations ici.

– Tu vas prendre ma place. Occupe-toi de gérer le chantier. Moi, je vais essayer de trouver une solution pour remplacer les boules.

Un nouvel élancement me fait serrer les dents, mais je tente de garder un visage neutre.

– Je vais me débrouiller, je répète, décidée. Fais en sorte qu'on ne prenne pas de retard, s'il te plaît, Julia.

– Évidemment, m'assure mon amie. Tu es sûre que tu ne veux pas que je m'occupe de ça, Zoe ?

– Certaine. Je t'appelle si j'ai besoin de quoi que ce soit.

Sans attendre, je traverse l'esplanade pour rejoindre la route. Je hèle un taxi, m'engouffre à l'intérieur et lui donne l'adresse des bureaux de mon entreprise. Dans ma tête, je fais l'inventaire de tout mon stock et j'essaye de me remémorer tous les ornements que je possède dans le bleu de la nuance des boules que nous venons de perdre. Heureusement, le trajet se fait rapidement. Après avoir payé le chauffeur, je pénètre dans les locaux au pas de course, sous le regard étonné de quelques passants. J'imagine facilement à quel point voir une femme enceinte de huit mois courir de la sorte peut surprendre.

Sans perdre de temps, je me rends au sous-sol que j'ai investi pour en faire mon atelier. Pénétrer à l'intérieur me donne toujours l'impression d'entrer dans l'antre du père Noël, mais aujourd'hui, je n'ai pas le temps de me laisser envahir par l'ambiance qui y règne. Je le traverse en flèche pour rejoindre la réserve, dont trois des murs sont recouverts de boîtes soigneusement rangées. Ici sont stockés des milliers de boules de différentes couleurs, des ornements en bois, en verre, en métal, en cristal… Je me dirige sans attendre vers la section des bleus, mais je m'aperçois bien vite que même mes plus belles créations ne suffiront pas à remplacer celles qui ont été perdues. Il me fallait trois mille boules pour avoir le même nombre sur chaque branche. Trois mille pour avoir l'équilibre parfait… En perdre plusieurs centaines bouleverse tout. J'avais prévu un dégradé du foncé au clair : sans l'une des teintes prévues, l'ensemble ne ressemblera plus à rien !

La fatigue, le stress, l'énervement, les hormones, la douleur dans mon ventre qui semble s'accentuer de seconde en seconde… Tout ça explose soudain en moi. Je sens des larmes couler sur mes joues.

Puis, l'épuisement s'abattant sur moi, je me laisse glisser au sol et je craque.

CHAPITRE 7

ETHAN

Snowman
Sia

– Merci pour l'info, Jack. Je ne sais pas pourquoi je suis encore étonné chaque fois que je me retrouve confronté au degré de corruption du milieu politique… À qui le dis-tu… N'hésite pas si tu as d'autres nouvelles croustillantes.

Je raccroche et range mon smartphone dans la poche arrière de mon jean, mais au moment où je sors ma clé pour déverrouiller l'appartement, il sonne de nouveau. Mes sourcils se froncent lorsque je découvre l'identité de la personne qui m'appelle.

– Julia ? je lâche en décrochant.

– Salut Ethan. Excuse-moi de te déranger, mais je crois qu'on a un problème.

Ce n'est pas dans les habitudes de l'amie de mon épouse de me téléphoner ; en fait, il me semble que depuis qu'on se connaît, ce n'était encore arrivé qu'une seule fois. Qu'elle ait pris cette initiative ne présage donc rien de bon.

– Est-ce que Zoe va bien ? je demande immédiatement.

– Eh bien, c'est ça le souci… Je n'en sais rien.

– Comment ça ? Elle n'est pas avec toi ?

– On a eu un incident avec des décorations ce matin et elle a dû repartir à l'atelier pour essayer de trouver une solution. De mon côté, je suis restée au Rockefeller Center pour gérer la mise en place. J'ai juste besoin de savoir si elle compte revenir avant la fin de la journée, comme il est déjà seize heures…

– Pourquoi tu ne l'appelles pas directement ? je m'enquiers, confus.

Après un court silence, Julia m'annonce :

– C'est justement ça le problème… Zoe ne répond pas à son téléphone. J'ai essayé de la joindre quatre fois cet après-midi, mais je suis tombée sur son répondeur. Franchement, je commence à m'inquiéter.

Et moi aussi, maintenant.

J'éloigne un instant le portable de mon oreille, me coupant de la conversation, pour pianoter sur l'écran et vérifier que je n'ai pas reçu un message de Zoe qui serait passé inaperçu, mais non, rien. De son côté, Julia me déblatère un tas d'informations :

– … ce n'était pourtant que de la casse. Je suis certaine qu'on aurait pu trouver un moyen de réorganiser les boules pour masquer l'absence de celles qui ont été endommagées, mais elle a été très contrariée par ça. Je crois que ce petit incident pourrait malheureusement être celui de trop. Entre la pression sur ses épaules, les journées de travail à rallonge, ses douleurs, l'accouchement qui…

– Wow, attends une seconde. Quelles douleurs ?

Réalisant qu'elle vient certainement de commettre une erreur, Julia se tait brusquement. Sauf qu'il est hors de question qu'elle s'en tire si facilement, alors j'insiste :

– De quoi est-ce que tu parles, bon sang ?

– Je ne sais pas, ce ne sont que des suppositions, parce que Zoe n'a pas vraiment voulu reconnaître que…

– Julia !

– Je crois que Zoe a des contractions, admet-elle enfin.

Je me fige.

Des contractions ?

Impossible, Zoe m'en aurait parlé si quelque chose d'anormal était survenu !

– Quelque chose ne va pas, j'en suis certaine, poursuit Julia. S'il te plaît, Ethan, va t'assurer qu'elle est…

Je coupe l'appel sans laisser à la décoratrice le temps de finir sa phrase, pas parce que je suis en colère mais parce que je refuse de perdre encore plus de temps en bavardage. Sans attendre, je m'élance dans les escaliers avec une seule idée en tête : retrouver mon épouse.

Le trajet jusqu'à ses bureaux me semble durer une éternité. Les feux de circulation sont plus longs que d'habitude, il y a plus de bouchons, bien trop de gens… Bref, je suis à cran quand je descends du taxi. Je m'élance à l'intérieur du building et fonce vers le sous-sol, là où se trouve l'atelier.

– Zoe ?

Aucune réponse. J'accélère le pas.

– Zoe ?

En ouvrant la porte de la réserve, je la découvre enfin. Assise par terre, vêtue de la salopette couverte de paillettes qu'elle revêt quand elle entre en phase de création, elle a les jambes croisées en tailleur… et les joues baignées de larmes. Je me précipite dans sa direction et me laisse tomber à genoux à ses côtés.

– Zoe, qu'est-ce qui se passe ?

Lorsqu'elle m'aperçoit, ses larmes redoublent, m'inquiétant pour de bon.

– Ce ne sera pas parfait, hoquette-t-elle.

– Quoi ? Qu'est-ce que tu racontes ?

Elle repousse d'une main une petite boîte à sa gauche, dans laquelle sont empilées plusieurs boules en verre complètement nues.

– Je n'arriverai pas à les refaire à temps, reprend-elle ensuite, toujours aussi bouleversée. Le sapin ne sera pas exactement comme prévu… Il ne sera pas parfait.

– Oh, bon sang, ne te mets pas dans des états pareils pour si peu !

Je l'attire contre mon torse et dépose un baiser sur le haut de son crâne. Elle s'accroche à mon bras, renifle et tente d'éponger ses larmes avant d'admettre, la voix brisée par le chagrin :

– J'adore mon métier… mais je crois qu'il est en train de me faire du mal.

Je ferme les yeux et lui réponds :

– Je le crois aussi.

Pendant quelques secondes, nous restons blottis l'un contre l'autre, dans le silence. Puis, dans un geste qu'elle pense certainement discret, Zoe pose une main sur son ventre. Je repense alors à la conversation que j'ai eue avec Julia et je m'empare de mon téléphone pour commander un taxi.

– Qu'est-ce que tu fais ? s'enquiert mon épouse.

– Je prends les choses en main.

Sur ces mots, je me redresse avant de passer un bras sous les genoux de Zoe, l'autre dans son dos, et de la soulever.

– Ethan, qu'est-ce que tu fais ? répète-t-elle en s'accrochant à mon cou.

– Je viens de te le dire : je prends les choses en main et tu vas te laisser faire.

– Les résultats de votre prise de sang sont bons, et l'échographie ne révèle rien d'alarmant. Votre bébé est en pleine forme. Vous, en revanche…

Zoe, allongée sur un fauteuil d'auscultation, jette un coup d'œil à la sage-femme qui la suit depuis le début de sa grossesse.

– Vous avez perdu un peu de poids, constate-t-elle. Ce n'est pas dramatique, mais ce n'est pas non plus quelque chose de recommandé. Vous n'avez plus d'appétit ? Les aliments vous dégoûtent ?

– Je…

– Elle oublie de manger, je déclare.

Je sais que Zoe déteste que je parle à sa place, mais depuis que je l'ai retrouvée dans un état déplorable dans son atelier, c'est la colère qui me guide. Apprendre que mon épouse me cachait qu'elle allait mal m'est difficile à supporter, alors je tiens à ce que nous donnions à la sage-femme le plus d'éléments possible pour qu'elle puisse prendre soin de Zoe comme il se doit.

– Je n'oublie pas ! proteste d'ailleurs cette dernière. C'est juste que, parfois, la fatigue est trop écrasante et je n'ai pas l'énergie de faire autre chose que de m'allonger dans mon lit.

– Donc, tu oublies de manger, j'insiste.

Zoe remarque sûrement ma fureur sous-jacente, car elle se contente de soupirer sans rien ajouter.

– Très bien, écoutez, : je sais que le dernier mois peut être éprouvant, commence la sage-femme. La fin de grossesse est souvent difficile à supporter. La lassitude, l'impatience, l'inquiétude qui commence à monter en prévision de l'accouchement peuvent créer un cocktail détonnant.

– Et déclencher des contractions ? je demande.

– Oui : il s'agit des contractions de Braxton Hicks, qu'on appelle aussi « faux travail ». Elles peuvent survenir n'importe quand durant la grossesse mais sont particulièrement fréquentes au cours du dernier trimestre. Rassurez-vous, madame, votre col ne s'est pas ouvert et le travail n'a pas commencé.

– Donc je ne vais pas accoucher d'un jour à l'autre ? comprend Zoe.

– Pas encore, non, la rassure la sage-femme.

– Qu'est-ce qui a provoqué ces contractions ? je m'enquiers.

– Plusieurs causes sont possibles : une activité intense, la fatigue, le stress… J'ai cru comprendre que vous cochiez toutes les cases en ce moment.

Un peu honteusement, Zoe acquiesce.

– Bon, rassurez-vous : les choses vont rapidement rentrer dans l'ordre et vous pourrez vivre sereinement votre dernier mois de grossesse. Il vous faut juste du repos, beaucoup de repos.

– Euh… c'est-à-dire ?

– Restez allongée autant que vous le pourrez pendant une semaine. Diminuez grandement votre rythme de travail. D'ailleurs, vu l'avancement de votre grossesse, vous devriez déjà être en congé prénatal.

– Rester allongée ? Pendant une semaine ? répète Zoe, bouche bée.

– C'est la seule façon d'arrêter ce faux travail et d'atteindre sereinement votre terme. Sinon, je crains que votre accouchement ne se déclenche prématurément.

Ma colère s'estompe, balayée par l'anxiété. Je prends la main de Zoe et la serre dans la mienne. Voyant nos mines pâles, la sage-femme ajoute :

– Pour le moment, votre bébé est en pleine forme : ce que je vous suggère, ce sont simplement des mesures de prévention. Une semaine de repos forcé pour vous préparer sereinement à l'accouchement, ça me paraît raisonnable, madame Reynolds, non ?

En effet, ça l'est, mais je crains que mon épouse n'ait aucune connaissance du sens de ce mot.

Il va donc falloir que je le lui apprenne.

CHAPITRE 8

ZOE

Christmas In My Heart
Loving Caliber ft. Mia Pfirrman

Au repos forcé.

Quelle horreur !

Ethan et moi rentrons chez nous en silence. J'aimerais parler, mais j'ai l'impression qu'il n'attend que ça pour déverser toute sa colère… et franchement, il aurait raison.

– Tu as mangé aujourd'hui ? demande-t-il une fois que nous sommes à l'intérieur de l'appartement, en se dirigeant vers le frigo.

Je suis tentée de lui mentir, mais je crois que je l'ai assez fait jusqu'à maintenant.

– J'ai pris un petit déjeuner ce matin.

Face au réfrigérateur ouvert, Ethan hoche lentement la tête – un geste que je ne commets pas l'erreur d'interpréter comme une validation de mon comportement.

– Un pancake, des fruits et un déca ce matin à huit heures, liste-t-il, puis plus rien jusqu'à…

Il regarde sa montre avant de conclure :

– … ce soir, dix-neuf heures. C'est ce qui s'appelle être sérieuse.

– Ethan…

– N'essaye même pas de justifier ça, Zoe, gronde-t-il.

Il me tourne le dos, ne me présentant que ses épaules tendues. Cela m'attriste. C'est de la tendresse et de l'amour qu'il y a toujours eu entre Ethan et moi, pas… cette distance.

Incapable de rester loin de lui, je m'approche pas à pas et passe mes bras autour de sa taille. J'enfouis mon visage contre son dos et, les yeux fermés, je prends le temps de respirer son odeur.

– Je suis désolée, je souffle.

Il sort quelques plats du frigo, les pose sur le plan de travail, puis il pousse un long soupir avant de me rappeler :

– Je t'ai demandé une chose, Zoe, une seule : prendre soin de toi. C'est tout ce dont j'avais besoin…

– Je me suis laissée dépasser par la situation.

Cet aveu me noue la gorge. Faire face à mes échecs est quelque chose qui m'est très difficile à supporter, mais il faut parfois savoir admettre quand on est allé trop loin et tout faire pour tenter d'arranger les choses.

Ethan se tourne enfin vers moi. Il croise mon regard et encadre mon visage de ses mains tièdes.

– Je suis frustré, tu n'imagines pas à quel point. Ça ne me semble pas juste de te reprocher d'être passionnée par ton travail, mais en même temps, je sais que je dois te freiner avant qu'un malheur ne se produise et qu'on soit tous rongés par les remords.

Il me dévisage pendant quelques secondes, puis il ajoute dans un souffle :

– Pourquoi est-ce que tu t'imposes un tel rythme ? Pourquoi être si exigeante avec toi-même ? Et surtout, pourquoi cette obsession du parfait, Zoe ? Tu sais bien que dans la vie, rien ne l'est, alors… pourquoi ?

La question me désarçonne. Je n'ai jamais rien visé d'autre que le meilleur dans mon travail. Mes projets, mes créations, c'est ce que je laisserai derrière moi quand je ne serai plus là, et les souvenirs que les gens en garderont doivent être impérissables.

– J'ai tout mis dans cette entreprise, je commence, sentant les larmes remplir mes yeux. Mes économies, mon temps, ma sueur. J'ai sacrifié des moments avec les gens que j'aime pour la voir naître. Elle est ce que j'ai fait de plus beau dans ma vie. Elle me définit.

– Tu te trompes.

– Non, je sais que j'ai raison. Si je ne suis plus la reine de Noël, alors qui suis-je ? S'il te plaît, ne me réponds pas « tu es ma femme », parce que je t'aime de tout mon cœur et j'adore notre relation, mais j'ai besoin d'exister par moi-même. Et *ça,* tout ce que j'ai créé, c'est l'héritage que je laisserai au monde, à nos enfants. Un jour, je serai fière de leur montrer ce que j'ai bâti de mes mains. Un jour, je veux pouvoir m'allonger dans mon lit à la fin d'une longue vie et fermer les yeux en me disant « je l'ai fait et je l'ai bien fait ».

– Oh, Zoe…

Ethan m'attire contre son torse et me serre dans ses bras.

– Tu as déjà tellement de raisons d'être fière de toi… poursuit-il. Tu as réussi à transformer ta passion en métier, ce qui est loin d'être donné à tout le monde. Tu montes des projets tous plus incroyables les uns que les autres et je sais que tu continueras à avoir de magnifiques idées… mais si tu ne prends pas soin de toi, si tu ne t'accordes pas un peu de répit de temps à autre, tu vas t'épuiser avant d'avoir accompli la moitié de tes ambitions.

– Je ne veux pas mettre notre bébé en danger, dis-je entre deux sanglots.

Depuis que j'ai ouvert les vannes dans mon atelier il y a quelques heures, il m'est difficile de les fermer. Mes émotions s'échappent à une vitesse ahurissante et j'ai bien du mal à les suivre.

– Je sais que ce n'est pas ce que tu veux, m'assure mon mari. Et c'est justement pour ça que tu vas accepter de faire ce que la sage-femme t'a demandé. Tu vas rester chez nous cette semaine et te reposer.

– Ethan, l'illumination du sapin du Rockefeller Center est dans une semaine, je…

– Ça y est, tu recommences ?

Il hausse un sourcil. Mes épaules s'affaissent.

– Je suis désolé, Zoe, mais pour toi, ce projet est terminé, assène-t-il.

J'ai conscience qu'il faut que je me fasse une raison, mais c'est parfois tellement difficile de lâcher prise…

– Tu me promets que tu vas respecter les consignes qui t'ont été données ?

L'espoir que je vois dans les yeux d'Ethan me serre le cœur. Mon mari m'aime, je le sais, je le sens, et je l'aime en retour sans le moindre doute possible. S'il négligeait sa santé, j'en serais terrifiée. Je n'ai pas le droit de lui infliger ce genre d'angoisses.

– Je te le promets, je réponds.

– Merci.

Il pose son front contre le mien, puis sa main sur mon ventre.

– En prenant soin de vous deux, tu prends soin de moi aussi, affirme-t-il. C'est tout ce dont j'ai besoin.

30 novembre

– Si vous nous rejoignez, il ne reste plus que quelques minutes avant l'illumination du sapin du Rockefeller Center et ici, sur l'esplanade, l'impatience monte peu à peu.

Je tends une main et attrape la boîte de chocolats qui repose sur l'accoudoir du canapé. Affalée sur mon divan, je regarde la caméra filmer les New-Yorkais qui patinent en attendant que la cérémonie débute.

Et dire que je devrais être là-bas… Au lieu de ça, je vais assister à l'aboutissement de *mon* projet depuis mon appartement. En mon absence, c'est Julia qui aura l'honneur de se tenir aux côtés du maire. Penser à ce que je loupe fait enfler une boule dans ma gorge et je tente par tous les moyens de retenir mes larmes ; elles ont déjà beaucoup trop coulé au cours de la semaine passée. La sage-femme m'avait prescrit du repos ? J'ai végété ces sept derniers jours. Je suis passée de mon lit au canapé, puis j'ai navigué entre le fauteuil à bascule et le lit de nouveau, le tout en grignotant ce qui se trouvait dans les placards ou le frigo.

– Comme vous pouvez le voir, reprend le journaliste, derrière moi se trouve la fabuleuse actrice de…

Agacée, je change de chaîne. Suivre l'illumination de loin me pèse. J'aurais aimé rencontrer la personnalité choisie cette année pour parrainer les festivités, j'aurais aimé me tenir sur l'estrade, face à la foule, j'aurais aimé être éblouie par les lumières qui sont sur le point de s'allumer toutes en même temps, mais plus que tout, j'aurais adoré montrer le résultat de mon labeur au monde entier.

– Allez, ce n'est pas si grave, je murmure pour tenter de m'en convaincre en caressant mon ventre.

La chose positive dans tout ça, c'est que les douleurs ont cessé.

– Je l'ai déjà manquée ?

La voix d'Ethan me parvient depuis l'entrée : il vient de rentrer du bureau. La porte de l'appartement claque et il se précipite dans le salon pour prendre place à mes côtés.

– La cérémonie est terminée ? s'enquiert-il.

– Non, pas encore.

Il regarde la télévision, puis lâche en me jetant un coup d'œil en biais :

– Tu es sur la mauvaise chaîne.

– Je sais.

– Oh, Zoe, écoute, je me doute que tu es déçue de ne pas être là-bas, mais il faut que tu voies le résultat de tes efforts.

Sans attendre, mon mari s'empare de la télécommande et revient sur le bon programme.

– … de cette attente, mais ça y est, le compte à rebours est lancé ! annonce le présentateur.

Sur un écran, les chiffres commencent à défiler. La foule les récite en chœur et j'admets que lorsque le deux, puis le un s'affichent, je me rapproche instinctivement de la télé.

– ZÉRO !

L'actrice appuie sur le bouton placé devant elle ; en un éclair, le sapin prend vie. Comme je les ai imaginés, les murmures ravis résonnent autant que les applaudissements. La couleur chaude des guirlandes et les nuances de bleu des ornements se marient à la perfection.

– C'est magnifique, déclare Ethan.

Je suis d'accord.

Il se tourne vers moi et ajoute :

– Tu as fait un travail fantastique, Zoe.

– Je n'étais pas seule.

– C'est vrai, mais ces idées sortent de *ta* tête.

Je prends une profonde inspiration et tente autant que possible de me concentrer sur le positif : l'illumination a eu lieu en temps et en heure, les boules cassées ont été remplacées et tout le monde est ravi… mais c'est plus fort que moi. Je ne digère pas le fait de ne pas avoir pu suivre le projet jusqu'au bout.

– Bon, est-ce que tu veux qu'on sorte dîner pour fêter ça ? propose Ethan.

– Non merci. J'ai grignoté toute la journée, je n'ai plus faim. Je crois que je vais aller m'allonger un peu.

J'embrasse mon mari, puis je me traîne jusqu'à la chambre à coucher.

C'est une bouffée de chaleur qui me réveille au beau milieu de la nuit. L'une de mes jambes est étendue sur celles d'Ethan, mes joues sont brûlantes et je suis en nage. Rejetant la couette épaisse, je me redresse et m'assieds au bord du lit, puis j'allume mon portable pour qu'il me donne l'heure.

3 h 48 du matin.

Je passe une main dans mes cheveux emmêlés et je décide d'aller prendre une douche. L'eau chaude et le bain de vapeur qui se crée tout autour de moi m'apaisent un peu. Depuis quelques jours, je ressens… eh bien, je crois que c'est le problème, justement : je ne sais pas ce que je ressens. C'est comme si j'étais anesthésiée. J'ai l'impression qu'après toutes ces années à constamment chercher de nouvelles idées et à faire en sorte que tout ce que j'entreprends soit le plus parfait possible, mon corps et mon esprit se sont mis en repos.

Après m'être enroulée dans une serviette moelleuse, je retourne dans la chambre. Ethan dort toujours profondément, et je me surprends à l'envier.

C'est à cet instant que l'écran de mon téléphone s'allume silencieusement. Je m'en approche et, voyant le message qui vient d'apparaître, je me laisse choir sur le bord du lit.

Nous sommes le premier décembre.
Que ce mois soit le plus noëlesque
possible !

Mes épaules s'affaissent face à ce rappel que je programme moi-même tous les ans. En moi, l'étincelle de joie qui ne manque habituellement jamais de se transformer en véritable feu d'artifice dès que la période des fêtes débute reste éteinte. L'apathie qui s'est emparée de moi ne se dissipe pas.

Un sourire triste naît alors sur mes lèvres et je murmure, morose :

– Joyeuse meilleure période de l'année, Zoe.

CHAPITRE 9

ETHAN

Let It Snow ! Let It Snow ! Let It Snow !
Dean Martin

– Comment ça, tu ne veux pas aller voir le rendu ? Tu as travaillé un an sur ce projet et ça ne t'intéresse pas de découvrir le résultat final ?

– J'ai regardé la cérémonie à la télé, ça me suffit.

Je suis Zoe jusque dans la cuisine. Cette conversation a commencé il y a quelques minutes, alors que je venais de réveiller mon épouse de sa sieste. Qu'elle s'obstine à rester enfermée ici me fait de la peine. Ces derniers jours, elle passe son temps à lire des livres de grossesse qui ont l'air de lui créer des angoisses plus qu'autre chose, à ruminer dans son coin et pire, à changer de chaîne chaque fois qu'un téléfilm de Noël commence. Elle a pourtant reçu le feu vert de la sage-femme il y a quelques jours : les sorties lui sont de nouveau autorisées…

mais j'ai l'impression qu'elle refuse tout bonnement de mettre un pied dehors.

– Est-ce qu'il reste du poulet d'hier ? demande-t-elle en sortant une assiette du placard.

– Zoe, enfin… je soupire.

– Oh, excuse-moi.

Elle sort une seconde assiette pour moi, pensant que c'est ce dont j'ai envie. Et dire qu'il y a dix jours, je m'inquiétais de son manque d'appétit… Je suis évidemment heureux de constater qu'elle a repris goût à la nourriture, mais je commence à croire qu'elle se nourrit plus à cause de l'ennui et de la frustration de ne pas travailler que par réel plaisir.

– Bon, si tu ne veux pas aller au Rockefeller Center, d'accord, mais on pourrait au moins aller voir les illuminations de la ville, j'insiste.

Zoe hausse les épaules, l'air détaché. Désireux de la convaincre, je renchéris :

– Non, je sais ce qu'on pourrait faire.

Je quitte la pièce de vie pour me rendre dans notre chambre, où j'ouvre notre dressing. Mon épouse a fait le choix de ne se servir que de la moitié des rangements pour ses vêtements et ses chaussures : le reste des étagères ne contient que des décorations de Noël. J'attrape une boîte au hasard et retourne dans la cuisine.

– On va décorer l'appartement ! j'annonce, avec tout l'enthousiasme dont je suis capable.

Zoe lève les yeux de l'assiette qu'elle est en train de remplir, passe de la boîte à moi, puis hausse de nouveau les épaules.

Cette fois, je reste abasourdi.

– Zoe, ça fait déjà une semaine que décembre a débuté.

– Je sais.

– Tu… D'habitude je dois te retenir de t'occuper de notre sapin en plein mois d'octobre, et là, l'appartement est toujours vide.

Elle me coule un regard surpris en rétorquant :

– Je croyais que tu n'aimais pas que j'y accorde une telle importance ! Chaque année, tu râles parce que c'est trop tôt et… juste trop.

– Alors déjà, je ne râle pas.

– Si, tu râles…

– Et ensuite, il y a une différence entre transformer l'appartement en antre du père Noël et le laisser… comme ça, dis-je en faisant un grand geste pour englober la pièce.

Zoe soupire, referme le Tupperware qui contient les restes de poulet puis le range au frigo.

– On a le temps, décrète-t-elle. Je finirai par m'en occuper, mais plus tard.

Son assiette en main, elle ajoute en se rendant au salon :

– Tu viens ? Il y a une rediffusion de *Bodyguard* ce soir à la télé. J'aime tellement voir Kevin Costner tout faire pour protéger Whitney Houston…

Plus tard…

Mon accro à Noël est en train de reléguer sa fête préférée au placard.

Bon sang, mais qu'est-ce qui se passe ? Est-ce que j'ai atterri dans un monde parallèle ? Est-ce le karma qui me punit d'avoir si longtemps prié pour que les fêtes de fin d'année soient éradiquées du calendrier ?

Ce soir-là, pendant que mon épouse marmonne que « les garde du corps, c'est vendeur, ils devraient faire une série là-dessus », mon esprit cogite. Dans ma tête, des tonnes d'idées d'activités se télescopent et des paillettes envahissent mon lobe frontal. Je tente de penser comme Zoe, comme l'accro à Noël qu'elle a toujours été. Elle semble visiblement décidée à ignorer tout le folklore lié à cette fête et je dois admettre que cela commence vraiment à m'inquiéter. Dès le jour où je l'ai rencontrée, j'ai compris que Noël était pour elle une véritable joie, presque un refuge. Je ne comprends pas vraiment ce qui la pousse à se fermer à ce qu'elle a toujours aimé. Peut-être est-ce l'angoisse de l'accouchement qui la paralyse, ou bien peut-être est-elle victime d'un coup de fatigue. Au fond de moi, cependant, je suis convaincu que c'est bien plus profond que ça. J'ai peur que mon épouse ne soit proche du burn-out… Il va donc falloir que je trouve une solution pour lui rappeler à quel point cette période compte à ses yeux.

Je mets mon plan à exécution dès le lendemain. À dix-huit heures, je pénètre dans notre appartement en m'exclamant :

– C'est moi !

Alors que je m'attends à trouver Zoe dans son fauteuil à bascule préféré, je découvre la pièce de vie complètement vide.

– Zoe ? je l'appelle.

– Dans la chambre.

Je pose mes clés sur la table de la cuisine avant de rejoindre mon épouse. Emmitouflée sous les couvertures, elle est allongée sur le côté, les yeux dans le vague. Inquiet, je contourne le lit et m'allonge à ses côtés.

– Tout va bien ? je m'enquiers.

Elle hoche la tête. Mon cœur se serre.

En temps normal, la pipelette qu'elle est m'aurait déjà raconté sa journée par le menu. Ce silence ne lui ressemble pas…

Une vibration résonne soudain dans la pièce. Sur la table de chevet, le téléphone de Zoe s'anime. J'attends qu'elle prenne l'appel, mais elle n'esquisse pas un mouvement pour se saisir du portable, si bien que c'est moi qui finis par le récupérer à sa place.

– Julia a tenté de te joindre huit fois, je constate.

Toujours ce regard vide. Toujours ce silence.

– Zoe, est-ce que tu as vu les mails et les messages que tu as en attente ? j'ajoute.

– Je m'en fiche, souffle-t-elle.

La voir si abattue me noue le ventre. Incapable de rester sans rien faire, je lui prends la main.

– Viens voir, j'ai une surprise pour toi.

– Je suis fatiguée, j'aimerais me reposer un peu, réplique-t-elle en posant enfin les yeux sur moi.

– Viens, s'il te plaît, j'insiste.

Zoe soupire mais accepte de se lever. Je la conduis jusque dans l'entrée, où je lui demande de m'attendre quelques secondes en fermant les yeux. Je disparais ensuite sur le palier et y récupère la surprise que j'y avais laissée en arrivant.

– TA DA !

Les yeux de Zoe s'écarquillent. Entre les branches et les épines, j'arrive à apercevoir la lueur d'étonnement qui les traverse.

– « Sans sapin, pas de Noël. » C'est ce que tu répètes toujours, non ? Je me suis donc dit qu'il était temps de faire de la place chez nous pour le roi de la forêt. Où veux-tu que je l'installe ?

Zoe cligne des paupières comme si elle ne savait pas quoi faire de cet arbre, elle qui en a pourtant décoré plus que la plupart des êtres humains sur cette planète.

– Zoe ?

– Je…

Des étincelles pétillent dans son regard… avant de s'éteindre aussi vite.

– Mets-le où tu veux, lâche-t-elle.

– Pas question. C'est toi la professionnelle, c'est à toi de trouver le meilleur emplacement.

– Dans un coin, ça ira très bien.

– Dans un coin ? Zoe…

– Je m'en fiche, Ethan, s'agace-t-elle. Je ne veux pas décorer de sapin, ni ce soir, ni demain, ni pour le reste de la saison d'ailleurs. Je ne veux pas répondre au téléphone et encore moins savoir ce qui se passe à l'agence depuis que j'ai déserté. Je me fiche du rendu du Rockefeller Center ou de l'état de l'appartement. La seule chose qui m'importe, c'est de me reposer et de rester allongée pour le bien du bébé.

Sur ce, elle fait volte-face sans un regard pour l'arbre encore dans mes bras.

Lorsque la porte de la chambre se referme derrière elle, je me sens bête. Et puis, mon incrédulité dissipée, je prends conscience que ma femme est tout bonnement en train de faire un rejet de Noël… et ça, c'est grave. J'ai peur qu'à force de vouloir protéger notre enfant à naître, elle ne soit tombée dans l'excès inverse et n'ait décidé de se couper totalement de ce qui la passionne, quitte à éteindre la flamme qui l'anime d'ordinaire.

Je pose le sapin dans un coin du salon, puis je m'empresse de retourner sur le palier pour que Zoe n'entende pas l'appel que je m'apprête à passer. Mon smartphone en main, je fais défiler mon répertoire, puis j'appuie sur le nom d'un contact. Après trois sonneries, mon interlocutrice décroche et je lance, d'une voix rauque :

– Nous avons une urgence noëlesque. J'ai besoin de toi.

CHAPITRE 10

ZOE

It's the Most Wonderful Time of the Year
Andy Williams

Installée dans le fauteuil à bascule du salon, je suis plongée dans un roman. Le tapotement des doigts d'Ethan sur les touches de son ordinateur remplit le silence tandis qu'il travaille, installé sur la table de la cuisine.

– Zoe, m'interpelle-t-il soudain.

Je tourne la tête dans sa direction et je constate qu'un sourire illumine son visage.

– Regarde, ajoute-t-il en me désignant la fenêtre du menton.

Je suis son regard et me concentre sur l'extérieur. Il fait nuit à New York, mais grâce aux lumières de la ville, je *la* vois.

– Il neige… dis-je dans un souffle.

– Joyeuse journée de la première neige, me lance Ethan.

Qu'il pense à cette tradition qui vient tout droit de Snowflakes Garden me touche, assez pour me tirer quelque peu de la léthargie dans laquelle je suis plongée depuis quelques jours. Je pose mon livre et me lève. Mais alors que je m'approche de mon mari pour l'embrasser, la sonnette de l'appartement retentit.

– Qui ça peut être ? je demande, surprise.

Ethan hausse les épaules tandis que je me charge d'aller ouvrir à notre visiteur… ou plutôt notre visiteuse. En la découvrant, je reste bouche bée.

– Rosie ?

– SURPRISE !

Ma sœur entre dans l'appartement et m'attire dans ses bras sans attendre. Passé le choc, je lui rends son étreinte avec plaisir.

– Oh mon Dieu, mais qu'est-ce que tu fais là ?

– Scrooge ici présent m'a appelée à la rescousse.

Je les dévisage sans comprendre.

– Comment ça, à la rescousse ?

Tirant son gros bagage que je remarque seulement, Rosalie m'explique :

– Je suis là pour la mission sauvetage de Noël.

– Et qui doit être sauvé ? je m'enquiers.

Mon mari et ma sœur échangent un coup d'œil avant d'annoncer de concert :

– Toi !

Me voyant plus perdue que jamais, Rosalie daigne enfin m'éclairer :

– J'ai entendu dire que tu as perdu ta fibre noëlesque et je suis là pour la faire renaître en toi.

– Ma fibre… De quoi tu parles, Rosie ?

– De ça ! s'écrie-t-elle et montrant mon appartement. Où sont les décorations ? Les cascades de paillettes ? Où est la bonne odeur de biscuits ? En bref, où est Noël ?

Poussant un soupir, je me laisse tomber sur une chaise.

– Écoute, c'est très gentil de ta part d'avoir fait le déplacement depuis Snowflakes Garden, mais je ne suis pas vraiment d'humeur festive ces temps-ci.

– C'est justement pour ça que je suis ici ! Figure-toi que quand Ethan m'a appelée…

– On va d'ailleurs devoir parler de ça, je grogne à l'attention de mon mari.

Ce dernier se contente de me servir un sourire faussement contrit.

– Bref, après l'appel de Scrooge il y a trois jours, reprend Rosie, j'ai décidé de venir passer un peu de temps ici. Après tout, je ne me suis pas octroyé beaucoup de vacances depuis que j'ai repris la pâtisserie de nos parents.

– C'est donc de famille, cette addiction au travail… intervient Ethan.

– Par conséquent, poursuit ma sœur sans tenir compte de son interruption, j'ai pris mes dispositions pour que la boutique continue de tourner sans moi quelques jours, et aussi pour que ma fille ne m'en veuille pas trop de l'obliger à rester à l'école pendant que sa tante et moi serons en pleine fiesta noëlesque…

– Je suis enceinte jusqu'aux yeux, je rappelle. La fiesta, ce n'est pas dans mes plans.

– Tu comprends parfaitement ce que je veux dire, rétorque ma sœur. De toute façon, cette année, vu ta condition, on avait déjà prévu de venir fêter Noël ici. Je n'ai que quatorze jours d'avance.

– Viens, Rosalie, je vais t'installer dans la chambre d'amis, déclare Ethan en s'emparant du bagage.

Je les arrête bien vite.

– Attendez une seconde. Rosie, je suis très heureuse de te voir ici, mais je t'assure que je vais bien et que je n'ai pas besoin de baby-sitter. D'accord, je n'ai pas été très enthousiaste à l'approche des fêtes, mais c'est pour le bien de mon enfant. J'étais tellement préoccupée par l'envie de faire briller les yeux des gens que j'en ai oublié le plus important.

Les mains posées sur mon ventre, j'ajoute :

– Je crois que… j'ai besoin de prendre un peu de distance avec Noël.

Le cri horrifié de ma sœur me fait sursauter. Dans un geste digne d'une *drama queen*, elle s'agrippe au bras d'Ethan comme si elle était sur le point de défaillir.

– Qu'est-ce que tu viens de dire ? lance-t-elle.

– J'ai dit que…

– Ne le répète surtout pas, malheureuse ! Bon sang, mais qu'est-ce qui t'est passé par la tête ? C'est Scrooge qui t'a perverti l'esprit ? Avoue, c'est toi ! accuse-t-elle l'intéressé.

– Pas du tout, se défend-il. Tu crois que je t'aurais appelée à la rescousse si c'était le cas ?

– Rosalie, j'insiste, quand tu y penses, les décorations, ce n'est pas le plus important.

Elle pousse un nouveau cri, donnant l'impression d'être sur le point de faire une crise cardiaque.

– Il faut la pincer pour qu'elle se réveille, décrète-t-elle. Non, on devrait lui jeter un verre d'eau au visage ou la gifler. Qui sait, peut-être qu'elle est somnambule et qu'elle divague ?

– Mais…

– Je n'ai l'intention de gifler personne, assène Ethan.

Rosalie s'approche de moi, se penche et place son visage à hauteur du mien.

– Qui êtes-vous et qu'avez-vous fait de ma sœur ?

Sa réaction est si ridicule qu'elle m'arrache un sourire.

– Tu m'avais appelée pour une urgence, Scrooge, mais c'est encore pire que ce que je pensais, conclut-elle, les mains sur les hanches. Heureusement que je suis arrivée à temps : un peu plus et notre Zoe aurait fini par nous affirmer que l'été est sa saison préférée. Là, crois-moi, on l'aurait définitivement perdue.

– Tu es mon dernier espoir, la flatte Ethan. Il faut qu'on la ramène à la vie.

– Je n'ai pas besoin d'être sauvée ! je proteste.

– Oh que si, et crois-moi, Zoe Reynolds, quand j'en aurai fini avec toi, tu seras une véritable paillette ambulante… Exactement comme tu l'as toujours été.

La tête haute, Rosalie suit Ethan jusqu'à la chambre d'amis. Lorsque mon mari revient au salon, je le dévisage en secouant la tête.

– Tu n'as aucune idée de la tornade que tu viens d'amener à New York… je soupire.

– Je te rappelle que toi et moi, on est ensemble depuis quatre ans maintenant. Ta sœur, je la connais bien.

– C'est sûr, mais tu ne l'as encore jamais vue en mission. Lorsque j'étais en deuxième année d'école de design, j'ai eu une véritable baisse de régime, à tel point que j'ai appelé ma mère et que j'ai évoqué la possibilité d'abandonner pour me tourner vers une autre voie. Dans les quarante-huit heures qui ont suivi, Rosalie a débarqué et elle s'est transformée en une sorte de coach de vie pour m'inciter à m'accrocher. Alors là qu'il s'agit de Noël… Non, vraiment, Ethan French : tu viens de plonger toute la ville dans le chaos.

– Tu ne crois pas que tu exagères un peu ?

– Crois-moi, tu vas vite te rendre compte que non.

Dès le lendemain matin, Rosalie me donne raison.

– Debout tout le monde ! clame-t-elle. Le soleil ne brille pas, il neige et il fait froid, c'est donc une journée idéale qui s'annonce pour les sœurs Reynolds.

Sa voix me parvient à travers la porte de la chambre à coucher. Ethan, déjà réveillé depuis une bonne demi-heure, achève de s'habiller. De mon côté, encore allongée, je grogne de désespoir.

– Je t'avais prévenu, je lance à mon mari. Tu as laissé entrer un lutin du père Noël en furie dans notre maison.

– Si sa folie se limite à ce genre de réveils, je pense que je survivrai.

À peine a-t-il terminé sa phrase qu'une musique résonne depuis le salon. Je reconnais la chanson dès les premières notes. Sans attendre, j'écrase un oreiller sur mon visage en gémissant.

– *It's the most wonderful time of the year*...

Ethan ferme un instant les yeux, et je vois qu'il n'est déjà plus si enthousiaste. Mais il finit par sourire, se pencher vers moi pour déposer un baiser sur mes lèvres et me murmurer :

– Tu as besoin de ça, Zoe Reynolds-French. Tu as besoin de rallumer ta flamme, et moi, même si je n'aurais jamais cru dire ça un jour... j'ai besoin que tu continues d'aimer Noël pour que mon monde tourne rond.

Il m'embrasse une seconde fois, attrape son téléphone puis ouvre la porte de la chambre. Dans le couloir, j'aperçois ma sœur, les cheveux en bataille.

– Salut, Scrooge, bien dormi ? lance-t-elle. C'est une magnifique journée sous la grisaille de l'hiver qui s'annonce.

– Formidable, grogne discrètement mon mari.

Je gémis depuis mon lit, et c'est là que Rosalie me remarque.

– Debout là-dedans, je t'ai préparé un petit déjeuner de championne ! Mon futur neveu ou ma future nièce et toi avez dix minutes pour prendre une douche et me rejoindre. En attendant…

À l'aide de son smartphone, elle augmente le son de la musique sur l'enceinte connectée puis chantonne à tue-tête :

– *It's the hap-happiest season of all, with those holiday greetings and gay happy meetings, when friends come to call. It's the hap-happiest season of all !*

Je la regarde s'éloigner en direction de la cuisine, joviale, et je comprends réellement que, pour les prochains jours, je vais être prise au piège de la tornade Rosalie Reynolds.

Que quelqu'un me vienne en aide…

– Allez, Zoe. Respire l'air pur, fais entrer la magie de Noël ambiante dans tes poumons.

Bras dessus, bras dessous, ma sœur et moi arpentons Central Park, dont les pelouses se sont parées d'une pellicule de neige pendant la nuit.

– Tu sais, poursuit-elle, je ne pourrai jamais vivre dans une si grande ville, avec une telle effervescence. J'aime trop le calme de Snowflakes Garden… mais je dois avouer que pour une courte visite, New York a un certain charme. Ton histoire ressemble à un téléfilm de Noël, d'ailleurs. La jeune femme quittant sa petite ville natale pour la Grosse Pomme… Tu étais prédestinée.

Je lève les yeux au ciel.

– Je ne rentrerai pas dans ton jeu, Rosie ! Je sais ce que tu essaies de faire, mais autant que tu le saches : cette année, il ne faudra pas compter sur moi pour faire vivre l'esprit de Noël.

Ma sœur s'arrête et me dévisage.

– Tu es sérieuse, constate-t-elle.

– Évidemment.

– Zoe, je ne crois pas que tu réalises à quel point c'est choquant de te voir agir ainsi. Est-ce que tu pourrais au moins me dire pourquoi tu as décidé d'annuler Noël ?

– J'ai mes raisons, je bougonne.

– Ethan m'a raconté ce qui s'est passé avec le projet du Rockefeller Center et le rendez-vous avec la sage-femme… Est-ce que tu veux en parler ? Tu aurais pu m'appeler, tu sais. Me dire ce que tu avais sur le cœur.

L'idée que je ne me sois pas tournée vers elle de mon propre chef semble peiner Rosalie. Malheureusement, n'étant pas d'humeur à remonter le moral de qui que ce soit, je préfère couper court à la conversation en reprenant mon chemin.

– On peut changer de sujet, s'il te plaît ? je demande.

Ma sœur accepte sans insister.

Pendant un moment, nous arpentons le marché de Noël qui, comme chaque année, a pris ses quartiers dans le parc. De nombreux stands de décorations artisanales ainsi que de nourriture réconfortante sont dressés de part et d'autre des allées. En ce qui me concerne, avec le petit déjeuner que Rosalie m'a servi, je n'aurai pas besoin de me nourrir avant au moins quarante-huit heures…

Au-dessus de nos têtes, de fins flocons de neige tombent tellement abondamment que nos bonnets sont recouverts de poudreuse.

– Alors ? Comment tu te sens à l'approche de l'accouchement ? m'interroge ma sœur.

– Eh bien, le terme est dans douze jours et j'appréhende de plus en plus.

– Je suis sûre que tu vas t'en sortir comme une cheffe. En plus, Ethan sera d'un excellent soutien.

Je coule un regard en biais à Rosie. Sa grossesse n'a pas été simple. L'instabilité du géniteur de Lily et ses promesses non tenues l'ont plongée dans un maelstrom d'émotions qui l'ont empêchée de profiter de ces neuf mois sereinement. Et après l'accouchement, se retrouvant seule avec un nouveau-né – malgré notre aide, à mes parents et moi –, elle a été projetée dans une vie de maman solo qui n'a pas été de tout repos.

J'ai conscience de la chance que j'ai d'avoir à mes côtés un futur père investi. J'aurais aimé que ce soit le cas pour ma sœur aussi…

– Oh, regarde comme elles sont jolies, ces écharpes ! lance-t-elle en s'approchant d'un stand. Je vais en prendre une pour Lily.

– Au fait, comment a-t-elle réagi quand tu lui as annoncé qu'elle ne serait pas du voyage ?

– Eh bien, j'ai eu droit à un exposé en bonne et due forme le soir même, avec toutes les raisons pour lesquelles elle devrait louper l'école pour venir à New York. Et je dois dire qu'elle avait de bons arguments, à commencer par : « Tante Zoe me manque. »

Je pose une main sur ma poitrine, touchée.

– Mais je suis restée ferme et je n'en suis pas peu fière, conclut Rosalie.

Elle paye l'écharpe, puis elle se tourne vers moi en ajoutant :

– Je lui ai promis que je viendrai la chercher un peu avant Noël pour qu'elle puisse passer du temps avec nous elle aussi.

– Papa et maman ne peuvent pas l'emmener avec eux quand ils viendront, plutôt ?

– Si, sans doute, mais c'est mieux si je fais le voyage.

Je hausse les sourcils.

– Tu vas faire un aller-retour alors que tu n'aurais qu'à demander aux…

– J'ai fait une promesse à ma fille ! tranche Rosie. Oh, ces lampes sont absolument magnifiques !

Puisqu'elle ne semble pas vouloir me donner d'explication claire pour justifier ses plans, je ne cherche pas à en savoir plus… en tout cas pour l'instant. Parce que je suis maintenant persuadée que ma sœur me cache quelque chose, et je finirai par trouver ce que c'est.

– Au fait, reprend-elle, quand est prévue la remise de prix pour Ethan, déjà ?

– Le 19 décembre. D'ailleurs, je commence à douter de pouvoir y assister. C'est sans doute préférable pour le bébé que je reste alitée.

– Il me semblait que tu avais eu le feu vert de ta sage-femme pour sortir de nouveau ? réagit Rosalie.

– C'est vrai, mais on n'est jamais trop prudent.

– Ça ferait plaisir à Ethan que tu sois là, tu sais…

Je baisse la tête, gênée de la rapidité avec laquelle mes yeux s'humidifient.

– Tu y crois, toi, qu'il nous a accusées d'être addicts au travail hier soir ? ajoute immédiatement Rosie pour tenter de dissiper ma morosité. C'est clairement la dinde qui se moque de la farce aux marrons.

Je secoue la tête, ce qui m'aide à me reprendre.

– Ça n'a aucun sens, ce que tu viens de dire.

– Pour moi si.

– Tu sais, parfois, tu me fais vraiment penser à Lily.

– Merci !

Avec un grand sourire, ma sœur repasse son bras sous le mien et nous poursuivons notre balade.

CHAPITRE 11

ZOE

Wrapped in Red
Kelly Clarkson

– Non.
– S'il te plaît.
– J'ai dit non, Rosalie !
– Mais enfin, tu ne peux pas refuser du shopping de Noël, ce n'est pas possible ! Je suis même prête à parier que c'est inscrit dans la Constitution : les achats noëlesques sont un droit *et* un devoir.

Me désintéressant du babillage de ma sœur, je me retourne et remonte les couvertures sur moi. En ce moment, j'ai une seule envie : rester allongée et dormir. Une petite voix dans un coin de ma tête tente de me faire prendre conscience que ce n'est pas un comportement habituel pour moi, que je devrais avoir assez de détermination pour me mettre un coup de pied aux fesses et me lancer dans la folie des fêtes comme je le fais depuis toujours… mais la vérité, c'est que je n'en ai pas la force. Je n'ai plus d'énergie, plus envie d'en avoir, même. Je me rends compte que ces dernières années durant lesquelles je me suis donnée sans compter ainsi que le stress que j'ai emmagasiné au fil du temps ont fait bien plus de ravages en moi que je le pensais.

Rosalie s'installe au bord du lit, puis elle pose une main sur mon épaule.

– Écoute, je sais que tu accuses une petite baisse de régime, mais je suis certaine que te retrouver dans un environnement que tu aimes ne pourra que te faire du bien.

– J'ai baigné dans cet environnement pendant les trois derniers mois, et ça m'a tellement obnubilée que j'en ai oublié de prendre soin de mon bébé, Rosie. J'étais si certaine de connaître mes limites, d'être capable de déterminer quand le moment serait venu pour moi de ralentir… Au lieu de ça, j'ai continué à foncer tête baissée et je lui ai fait prendre un risque.

– Oh, arrête un peu de t'autoflageller. Tu n'as pas négligé ton enfant : c'est *toi* que tu as négligée. Tu as toi-même admis que tu pensais à le nourrir, et tant pis pour le reste.

– Parce que ça change tout, peut-être ?

Rosalie pousse un soupir.

– Bon, je crois qu'il est temps d'avoir cette conversation. Bouge tes petites fesses de femme enceinte.

Je grogne en me redressant. Mon ventre est tellement imposant que j'ai du mal à apercevoir mes pieds. Ma sœur s'allonge à côté de moi, puis elle pose une main sur ma jambe.

– Être parent, c'est une aventure hors norme qui demande une énergie folle, déclare-t-elle. Il y a des jours où tu auras l'impression d'être une bonne mère, d'autres où tu te sentiras comme la pire de toutes – parfois parce que ton propre enfant te fera des reproches, et c'est ce qui fait le plus mal. Ce qui est certain, c'est que tu ne seras pas parfaite, Zoe, alors tu ferais mieux de tout de suite abandonner ce fantasme. Tu vas vivre des moments merveilleux, d'autres terrifiants, tu ressentiras une angoisse permanente et tu ne feras pas toujours les bons choix. Mais tu vas aimer ton bébé comme personne et c'est la seule chose dont il aura besoin.

Me voyant au bord des larmes, elle tapote ma cuisse et ajoute doucement :

– Hé, tu ne peux pas continuer à rejeter ce que tu aimes parce que tu n'acceptes pas de devoir réduire le rythme parfois. Tu as cru que tu allais pouvoir tout gérer, que tu étais invincible et que tu pouvais pousser ton corps aux limites de ses capacités sans que cela ait de conséquences. Mais tu t'es trompée… et ce n'est pas grave. Ce n'est pas non plus une raison pour rejeter la faute sur ton travail, ou pire, sur Noël. Ton enfant va bientôt naître, Zoe. Tu veux vraiment l'accueillir dans cette ambiance triste ?

– Évidemment que non.

– Alors bouge-toi. C'est toi qui répands la joie et la bonne humeur partout où tu passes, d'habitude !

– Je n'ai pas le droit d'être fatiguée, parfois ?

– Bien sûr que si. Tu peux douter, et tu peux même rester enfermée plusieurs jours dans ta chambre, cachée tout au fond de ton lit, si ça t'aide à aller mieux… mais juste pour un temps. Ensuite, tu dois trouver la force de te remettre sur pied et d'avancer. Tu n'as pas pu aller jusqu'au bout du projet du Rockefeller Center, soit. Mais tu comptes ressasser ça pendant combien de temps, au juste ? Tu pourrais y penser jusqu'à la fin de tes jours que ça ne changerait rien. Ce qui est fait est fait. Et au lieu d'éviter la Cinquième Avenue comme la peste, tu devrais au contraire être fière de t'y rendre pour admirer le résultat de tes efforts. Tu n'étais peut-être pas présente pour l'illumination, mais sans toi, ce sapin n'aurait jamais vu le jour. Alors je te le redis, Zoe Reynolds : bouge tes petites fesses de femme enceinte et ressaisis-toi.

Je sers un mince sourire à ma sœur, puis je pose ma tête contre son épaule et lui souffle :

– Merci, Rosie.

– Y a pas de quoi… Zoe jolie.

Je m'esclaffe en l'entendant utiliser le surnom que me donne ma nièce.

– Ça veut dire que tu es d'accord pour m'accompagner dans un shopping intense ? enchaîne-t-elle.

– Non…

– Oh, allez, on pourrait en profiter pour acheter quelques petites choses pour le bébé. Après tout, mon futur neveu ou ma future nièce aura besoin d'être à son *prime* dès le jour de sa naissance.

Comprenant que je ne remporterai pas cette bataille, je finis par rendre les armes… et par accepter d'aller faire les boutiques avec ma sœur.

Le taxi nous dépose devant chez Macy's. À l'intérieur de cette enseigne mondialement connue, il y a un monde fou. Il faut dire que les grands magasins installés sur la 34e Rue sont très prisés à la période des fêtes. C'est l'endroit où on est certain de trouver ce que l'on cherche. Il y a des boutiques de cosmétiques, de vêtements, de déco, d'ameublement… Pendant tout le mois de décembre, c'est ici que beaucoup de gens viennent faire leurs achats et je ne déroge pas à la règle… en général.

– Ça va être magique ! trépigne Rosie à mes côtés, tandis qu'un escalator nous emmène jusqu'au premier étage.

– Pas de shopping de Noël, je la préviens. Tu m'as promis. Nous sommes ici pour faire des achats pour le bébé, rien d'autre.

– Je ne suis toujours pas habituée à ce que tu sois devenue si réfractaire à tout ce qui constitue ta personnalité.

– Tu as promis, Rosalie Reynolds !

– Oui, oui, je sais.

Je dois reconnaître que l'étage réservé à la puériculture en jette. Sur plusieurs centaines de mètres carrés s'étendent des sections qui présentent tout le matériel nécessaire aux soins de l'enfant ainsi que des jouets pour différents âges, et surtout, beaucoup de vêtements.

– Mon Dieu… J'ai déjà envie de tout acheter ! pépie Rosie.

– Il faudra bien que tu te retiennes, pourtant. Cette fois, il est hors de question que nous nous laissions gagner par une frénésie compulsive.

– Tu ne m'empêcheras pas de gâter ce bébé, me lance ma sœur en plissant des yeux.

– Tu veux parier ?

Nous nous dévisageons un instant. Puis, sans crier gare, Rosalie s'élance à travers les rayons. Le temps que je réalise ce qui se passe, elle s'est déjà emparée de plusieurs ensembles de vêtements.

– Rosie ! Reviens ici tout de suite.

Je me dandine jusqu'à elle, mon ventre imposant ouvrant la voie.

– De quoi cette enfant aura-t-elle besoin ? Hm, de pantalons, c'est évident.

– Comment ça, « elle » ? je proteste. Personne ne connaît son sexe pour l'instant.

– Moi si, annonce ma sœur avec un grand sourire. Du moins, c'est un pressentiment qui me colle à la peau. Tu vas avoir une fille, et elle, Lily, toi et moi, nous formerons le club des accros à Noël.

Face au regard pétillant de Rosie, je souffle :

– Elle ne sera pas obligée d'aimer Noël – si c'est bien une fille, ou si c'est un garçon d'ailleurs. Je n'obligerai mes enfants à rien. S'ils décident que cette fête ne les intéresse pas, alors je n'interviendrai pas.

La bouche de ma sœur s'entrouvre. Elle garde un instant le silence avant d'exploser :

– Non mais là, tu me fais carrément flipper. Tu entends ce que tu dis, Zoe ?

– Laisse tomber.

– Oh, sûrement pas. On est venues ici pour dépenser l'équivalent de notre plan d'épargne-retraite, et on va le faire.

– Attends, depuis quand tu mets de l'argent de côté pour ta retraite, toi ?

– On n'est jamais trop prudent. Allez, viens, le rayon bodys nous attend.

Je suis incapable de dire exactement combien de temps nous avons passé dans ce temple de la tentation au moment où nous nous dirigeons vers la caisse. Le monticule de vêtements et de jouets que porte Rosalie atteint une hauteur ridicule. Heureusement, j'ai réussi à lui faire entendre raison avant qu'elle ne décide de jeter son dévolu sur une poussette tout-terrain. Ethan et moi nous sommes déjà occupés de ça.

– Deux cent quarante dollars vingt-huit, s'il vous plaît, nous demande la vendeuse derrière son comptoir.

Rosalie sort triomphalement sa carte de crédit, et je dois avouer que malgré toutes mes protestations, prendre part à une activité qui m'est familière et que j'aime tant habituellement m'a fait beaucoup de bien.

CHAPITRE 12

ETHAN

Like It's Christmas
Jonas Brothers

– Ethan, j'aurais besoin de tes…

– … mes dernières corrections sur l'article de Noël ? J'ai déjà tout envoyé à Lynn, dis-je à Francis, mon collègue.

– Oh, génial.

Il regarde alors le manteau que je viens de jeter sur mes épaules et remarque :

– Attends une seconde… Est-ce que c'est un pull de Noël que tu portes ?

Je plisse les lèvres en éludant la question.

J'ai honte de l'admettre, mais oui, c'est vrai, aujourd'hui, j'ai revêtu un accoutrement noëlesque. Je prends la mission « Sauver Zoe » très au sérieux. Je suis prêt à tout pour provoquer chez elle un déclic, même à me parer du genre de pulls ringards contre lesquels je peste d'habitude.

En me voyant ce matin, mon épouse a cligné des yeux, surprise. Cependant, à mon grand désarroi, aucun sourire n'est venu illuminer sa moue triste.

– Et tu quittes déjà le bureau ? ajoute Francis.

– J'ai fini ce que j'avais à faire et je n'ai calé aucun rendez-vous, donc oui, la journée est terminée pour moi.

Il plisse les yeux et s'adosse au mur.

– Mais où est donc passé mon collègue noëlo-sceptique et bourreau de travail ? Oh, à moins que… Est-ce que Zoe t'attend à la maison ?

– Ça ne te regarde pas.

– Oh, allez. Depuis que tu travailles ici, tu fais partie de ceux qui arrivent très tôt et repartent très tard, alors tu aiguises ma curiosité.

– Je ne suis pas le sujet d'un de tes articles, Francis, je n'ai pas à répondre à tes questions. À plus.

Je traverse l'*open space*, salue quelques collègues sur mon passage, puis je quitte le building et grimpe dans le taxi que j'ai commandé il y a quelques minutes.

Aujourd'hui, j'ai une mission spéciale à accomplir : je m'occupe du cadeau de Noël de Zoe.

En réalité, j'ai commencé à y penser depuis un petit moment déjà et je le peaufine dès que je le peux. Parce que ce cadeau est en rapport avec notre bébé. Dès le premier trimestre de sa grossesse, Zoe n'a eu qu'une idée en tête, préparer l'arrivée de notre enfant.

Ça passait, évidemment, par l'envie de lui aménager une chambre digne de ce nom. Comme nous nous sommes mis d'accord pour n'apprendre le sexe du bébé qu'à l'accouchement, nous avons opté pour des tons neutres pour peindre les murs et ajouté des touches de couleurs vives par endroits. Mon épouse, fan incontestée de shopping, s'en est donné à cœur joie, mais lorsque octobre est arrivé et que la saison charnière pour son travail a débuté, elle n'a plus eu vraiment le temps de se concentrer sur ce projet. Je l'ai rassurée en lui disant que je m'occupais de tout, et depuis, la chambre de notre futur enfant est fermée à double tour. Je suis le seul à pouvoir y entrer.

Je sais que Zoe se doute que quelque chose se trame, mais je ne crois pas qu'elle imagine à quel point je me suis investi.

Se rendre chez Macy's à la période des fêtes est une véritable aventure. Le nombre de clients au mètre carré est impressionnant. Les gens déambulent d'étage en étage, les bras toujours plus chargés d'achats. En ce qui me concerne, je n'ai pas le temps de flâner. J'ai une mission bien précise à accomplir.

En arrivant à l'étage dédié aux produits pour bébés, je prends le temps de détailler les clients qui y déambulent. Il y a une majorité de femmes, avec ou sans enfants, tentant de dénicher les vêtements et les accessoires parfaits pour leur progéniture. Je dois admettre que je ne suis pas très à l'aise de me trouver ici… simplement parce que je redoute de tomber par hasard sur Rosalie et Zoe. Elles adorent ce magasin, et je sais que la sœur de mon épouse avait l'intention de profiter de son séjour pour l'emmener faire une virée shopping. J'aimerais juste que ça n'arrive pas aujourd'hui, histoire que la surprise soit complète jusqu'au jour J.

Décidé à ne pas perdre de temps, je me dirige d'un pas décidé vers la caisse… quand soudain, une voix familière me parvient. Je tourne la tête si vite que je manque de me provoquer un torticolis. Au loin, se dirigeant vers les landaus, j'aperçois Zoe et Rosalie.

Oh, bon sang !

Sans attendre, je me précipite dans le premier rayon que je vois et je m'accroupis derrière une étagère présentant des bodys, pour pouvoir observer les allées et venues des filles.

Je savais que la malchance serait avec moi aujourd'hui...

Du coin de l'œil, j'aperçois Rosalie qui dévalise un présentoir de hochets. Ma Zoe, elle, semble décontenancée.

Un raclement de gorge près de moi attire soudain mon attention. Je pivote pour croiser le regard perçant et accusateur d'une cliente qui se trouve à quelques mètres de moi. Je tente de lui sourire, pour lui montrer que, bien que je sois un homme adulte accroupi derrière des piles de vêtements pour bébé, je n'ai rien de menaçant, mais j'échoue lamentablement. Heureusement, Zoe et sa sœur ne tardent pas à se diriger vers la caisse. Me croyant tiré d'affaire, je me redresse enfin.

– Je peux vous aider ?

Une jeune femme vêtue de l'uniforme du magasin me tombe dessus, mains sur les hanches, sourcils froncés.

– Oh, euh, bonjour, je lui réponds. Je suis… Ethan French et je viens récupérer une commande que j'ai passée il y a une semaine.

– Hm… Très bien, ne bougez pas, je vais vérifier ça.

La vendeuse s'éloigne, visiblement sceptique, puis, après avoir tapoté sur son ordinateur, elle disparaît quelques minutes dans une réserve avant de réapparaître, un peu plus souriante.

– Et voilà, m'annonce-t-elle en déposant un colis imposant sur son comptoir.

Je vérifie le contenu du carton, puis je règle la note et je m'empresse de me rendre deux étages plus bas. Là aussi, une commande m'attend, un peu différente cependant. Bien sûr, j'ai également prévu un cadeau rien que pour Zoe, sans lien avec notre bébé. Je suis tellement impatient de voir son visage s'illuminer lorsqu'elle découvrira sous le sapin son tout nouveau sac à main de la marque DLB, qui s'arrache en ce moment… En plus, c'est l'une des pièces collector très recherchées.

Une fois tous mes achats récupérés, je quitte Macy's et je retourne sans attendre à l'appartement. Je suis soulagé de le trouver vide. Même si Rosie m'a assuré qu'elle me volerait ma Zoe pour la journée, elles auraient aussi bien pu décider de rentrer plus tôt à la suite d'un coup de fatigue.

Sortant une clé de la poche de ma veste, je me dirige vers la chambre du bébé et je pénètre à l'intérieur. Des effluves de peinture flottent encore dans l'air. Sur le mur contre lequel est installé le lit à barreaux blanc, j'ai reproduit une citation de l'un de mes livres préférés : *Le Petit Prince*.

« Tu seras pour moi unique au monde. Je serai pour toi unique au monde. »

Au-dessus de la phrase, j'ai dessiné une dizaine d'étoiles de tailles différentes ; dans un coin de la pièce, j'ai disposé une version XL du fauteuil à bascule que nous avons dans le salon, le préféré de Zoe. Je l'imagine déjà, berçant notre bébé… L'image est si nette dans mon esprit que je sens mon cœur se gonfler.

Reprenant contenance, je me dirige vers la grande armoire que mon épouse a personnellement choisie et qui comporte déjà une sélection de vêtements adaptés à différents âges. Ouvrant le carton que j'ai rapporté de chez Macy's, j'en tire des bodys, des pulls et des pyjamas… Tous dans le thème de Noël. Le Scrooge en moi n'en revient pas lui-même, mais c'est un fait : Zoe et moi allons avoir un bébé noëlesque, alors autant le célébrer comme il se doit. En plus, même moi, je dois admettre que les illustrations de sapins, de rennes ou de flocons sont absolument craquantes.

Après avoir tout rangé à sa place, je jette un coup d'œil à la ronde. Il me reste encore une bibliothèque à assembler et à remplir, et d'autres détails à peaufiner dans les prochains jours.

J'en suis là de mes réflexions quand j'entends la porte de l'appartement s'ouvrir. Je repousse rapidement le carton du pied et quitte la chambre. Au moment où j'en glisse la clé dans ma poche, Rosalie et Zoe pénètrent dans le salon.

– Ethan ? Tu n'es pas au bureau ? s'étonne mon épouse.

– J'avais peu de travail aujourd'hui, alors j'ai décidé de rentrer plus tôt. Et vous, vous êtes déjà de retour ?

– Il se trouve que ta femme a mal aux pieds, intervient Rosalie. Je crois qu'elle en rajoute un peu, mais enfin…

– Je suis enceinte de huit mois et deux semaines ! s'insurge Zoe.

– Oui, oui, la houspille sa sœur, juste pour la taquiner.

Les deux se chamaillent tandis que je nous prépare un repas. Elles me montrent leurs achats mais, dans ma tête, c'est sur un curieux décompte que je suis focalisé. Je suis tellement impatient de voir la réaction de Zoe quand elle découvrira ce que j'ai préparé pour la chambre du bébé que j'en viens à espérer que Noël arrive plus vite.

J-13.

Oh, bon sang… Ça y est, j'ai été noëlisé.

CHAPITRE 13

ZOE

Have Yourself a Merry Little Christmas
Michael Bublé

Avoir des responsabilités a toujours fait partie de mon quotidien. C'est quelque chose qui m'est familier, que j'apprécie, parce que diriger et contrôler est une part de ma personnalité. Et c'est bien pour ça que je n'aurais jamais cru qu'un jour faire une action aussi simple que consulter mes mails en attente puisse me demander tant d'efforts.

Je m'étais promis de ne plus donner d'attention à mon téléphone portable, que le monde pouvait attendre… et puis j'ai craqué, bêtement. J'ai ouvert mon application de courriels sans même y penser, par habitude.

Cela fait maintenant dix, peut-être même vingt minutes que j'ai les yeux rivés sur l'énorme liste de mes messages en attente.

424.

Depuis deux semaines, les notifications n'ont pas cessé d'affluer, et maintenant que je m'y trouve confrontée, j'angoisse. Je tente de me rassurer en me répétant que, même si j'ai déserté l'agence, mon équipe a réussi à mener à bien tous les projets qui étaient prévus. Mais au fond de moi, je sais que je ne pourrai pas appliquer la politique de l'autruche encore longtemps. Un jour ou l'autre, je devrai retourner au travail. Un jour ou l'autre, il faudra bien que je trouve le courage de sortir de cet appartement pour autre chose qu'une énième activité noëlesque en compagnie de ma sœur… Je dois l'admettre, je me sens en sécurité chez moi, presque comme dans un cocon, à l'abri des responsabilités qui m'attendent à l'extérieur.

Lasse de rester bêtement figée face à l'écran de mon smartphone, je finis par me décider à ouvrir un premier mail, qui me vient du maire de New York.

Madame Reynolds,

Je tiens à vous adresser mes félicitations pour le fantastique travail que votre équipe et vous avez effectué afin de rendre mémorable l'illumination du sapin du Rockefeller Center cette année.

J'ai été peiné que vous ne puissiez pas assister personnellement à cette célébration si importante, mais je comprends tout à fait que vous ayez eu besoin de prendre du repos.

J'espère que nous aurons bientôt l'occasion de nous recroiser. J'ai d'autres projets pour la ville qui pourraient peut-être vous intéresser.

D'ici là, passez de bonnes fêtes de fin d'année.

Marcus Reyes

Les suivants proviennent de fournisseurs ou de membres de mon équipe, Julia principalement. Le lendemain de ma mise au repos forcée, ce ne sont pas moins de quatre mails inquiets qu'elle m'a envoyés. Comme je ne répondais pas à ses appels, elle s'est tournée vers mes courriels. Elle voulait savoir si le bébé et moi allions bien, mais je n'ai pas eu la force de la rassurer. J'ai laissé Ethan s'en charger pour moi. Je sais que si j'avais entendu la voix de mon amie, j'aurais fondu en larmes, et je n'avais pas besoin de ça… Aujourd'hui non plus, d'ailleurs.

Mécaniquement, je fais défiler les notifications. En voyant passer certains noms, certains mots, certaines expressions, quelque chose en moi émerge. La Zoe qui avait l'habitude de courir plusieurs lièvres à la fois semble vouloir se réveiller de son sommeil. Elle ouvre un œil, prête à se lancer à nouveau dans la course… avant d'être brusquement stoppée par la partie de moi qui lui rappelle que c'est exactement ainsi qu'elle a couru tout droit à la catastrophe.

– Bon, c'est officiel, ma fille va commencer sa crise de pré-adolescence, déclare Rosalie en pénétrant soudain dans le salon.

– Ah oui ? fais-je en verrouillant mon smartphone.

– J'ai eu droit à mon premier « tu ne comprends rien, maman ».

– Outch.

Ma sœur se laisse tomber près de moi sur le canapé en poussant un soupir théâtral. Tandis que le silence nous enveloppe, elle jette un œil au sapin qu'Ethan a rapporté il y a quelques jours. Il est toujours dans son coin… nu.

– Tu te sens prête à t'en occuper ? me glisse Rosie.

Je regarde le conifère qui manque désespérément de lumière et d'ornements. Et à nouveau, je ressens un certain intérêt.

Mais au même instant, un coup bien net se fait ressentir dans mon ventre. Immédiatement, je me crispe. Je m'étais promis de ne me concentrer que sur mon enfant, de ne pas me laisser distraire par la folie habituelle qui m'entoure et de me comporter comme une future mère digne de ce nom.

– Non, je réponds finalement. Il est bien comme ça.

– Si tu le dis… grogne ma sœur. Bon, continue à faire ta Scrooge. Moi, pendant ce temps-là, je vais aller préparer quelques cookies.

Elle bondit sur ses pieds et s'éloigne en direction du plan de travail de la cuisine. Renfrognée, j'allume la télé et m'allonge sur le canapé. Mais très vite, les bruits de plats qui s'entrechoquent, de coups de fouet et autres « hm, ça va être délicieux » émis par Rosalie me distraient. Je sais qu'elle en rajoute, qu'elle tente de m'appâter, mais je tiens bon… jusqu'à :

– Caramel ou noix de pécan ?

Je lève les yeux vers ma sœur, qui me dévisage, un paquet de farine à la main.

– Comme tu veux, je lui réponds.

Le sourire qu'elle arbore est figé. J'ai le sentiment qu'elle ne va pas tarder à exploser devant mon manque d'enthousiasme visible.

– Alors ce sera un combiné des deux, décide-t-elle.

Je dois l'admettre, rester en retrait est bien plus difficile que je me l'imaginais. Alors, pour tenter de m'occuper l'esprit, je me redresse, attrape le livre posé sur la table du salon, puis reprends ma lecture là où je l'avais laissée ce matin.

J'avais entrepris mon marathon « tout savoir sur la grossesse pour devenir la mère parfaite » peu de temps après mon retour de lune de miel, trouvant fascinant chaque aspect de l'évolution d'un bébé. Et puis, le travail prenant le dessus, j'avais délaissé tous les ouvrages que j'avais achetés à propos du développement de l'enfant, jusqu'à ma mise au repos forcé. Depuis que j'ai repris ma lecture, chaque chapitre que je découvre me fait passer une nouvelle étape sur l'échelle de la peur à l'idée de donner la vie. Tellement que je ne sais plus si c'est l'accouchement ou l'après qui me terrifie le plus. Des questions de plus en plus nombreuses m'assaillent. Et si le bébé se mettait à pleurer au milieu de la nuit et que ni Ethan ni moi ne l'entendions ? Et si au contraire il ne pleurait pas, jamais… ce serait inquiétant, non ? Et s'il refusait de se nourrir ? Et si, à cause du froid, il tombait malade dès notre première sortie ? Et s'il n'aimait pas les bains, les promenades ou rester dans son lit ? Et s'il ne dormait pas ? Et s'il dormait trop ? Et s'il ne nous aimait pas, nous, ses parents ?

Et si… il ne m'aimait pas, *moi* ?

Je referme mon livre d'un geste brusque avant de le reposer sur la table.

– Tout va bien ? me demande Rosie, qui est en train de former ses cookies au moyen d'une cuillère à glace.

– Oui, je prétends, la voix rauque.

Je me lève péniblement, puis je m'éloigne en direction de ma chambre.

– Zoe ?

– Ça va ! dis-je en refermant la porte derrière moi.

Je place une main sur ma poitrine. Les battements de mon cœur ne cessent d'accélérer. Je fonce alors sur ma table de nuit, ouvre l'un de ses tiroirs et en sors un carnet ainsi qu'un stylo. Dessus sont rassemblés les prénoms qu'Ethan et moi avons envisagés au cours de ces derniers mois… mais c'est une liste d'un autre genre que j'ai besoin de commencer. Je suis prise de la pulsion de noter chaque chose qui m'inquiète, chaque question qu'il me faudra poser à l'équipe médicale qui sera présente à mon accouchement. Les minutes passent, et bientôt, je dérive et en viens à ajouter tout ce que je suis certaine de ne pas réussir à faire, noircissant page après page.

– Zoe ?

Je relève la tête. Ethan, rentré du journal, se tient dans l'encadrement de la porte de la chambre. Je jette un œil en direction de la fenêtre et je m'aperçois qu'il est tard, que le soir est tombé.

– Hé, qu'est-ce qui se passe ? demande mon mari en venant s'agenouiller devant moi.

– Il y a plein de choses qui ne vont pas, je commence, en pointant ce que j'ai inscrit sur le carnet de la pointe de mon stylo. D'abord, on n'a pas encore trouvé de prénom pour notre bébé et il sera bientôt là ; ensuite, comment est-ce qu'on va faire une fois qu'il sera né ? Quel mode de garde allons-nous choisir ? Avec nos métiers, on risque de ne pas le voir grandir, de ne pas assez profiter de lui, peut-être même de louper certaines de ses premières fois. Et si aucun de nous deux n'est là le jour où il fera ses premiers pas ? Et si le premier mot qu'il prononce, c'est le prénom de la personne qui s'occupera de lui quand nous serons au travail ?

– Zoe…

– Et si on faisait des erreurs ? Je veux dire, *beaucoup* d'erreurs, et qu'en grandissant il finissait par nous haïr et ne plus vouloir de nous dans sa vie ? Ma mère a été exceptionnelle, Rosie s'en sort comme une cheffe avec Lily… mais moi ?

Je suis presque certaine que tout va déraper à un moment ou à un autre et que je vais être incapable de suivre à la lettre tout ce qui est écrit dans ces foutus bouquins. Ma sœur prétend que ce n'est pas grave, que c'est inévitable de se tromper parfois, mais je ne peux pas accepter ça !

– ZOE !

Je sursaute et, après avoir croisé le regard sérieux de mon mari, je déglutis.

– Qu'est-ce qui te prend, enfin ? s'enquiert-il.

– J'ai peur.

– De quoi ?

– De réussir à faire les choses parfaitement pour les autres, mais de ne pas en être capable pour mon bébé.

Les épaules d'Ethan s'affaissent. Il ouvre ses bras et je me laisse envelopper dans son étreinte.

– Je suis désolée, je murmure. Je sais qu'en ce moment je ne suis pas vraiment de bonne compagnie. Je ne sais pas ce qui m'arrive…

– Moi, je sais. Tu t'es obligée à travailler encore et encore, tu as continué à tirer sur la corde alors qu'elle ne tenait plus qu'à un fil, et finalement, c'est toi qui as craqué. Maintenant, tu laisses sortir tes émotions. Tu t'accordes le droit d'avoir des failles. Ce n'est pas un super moment à passer, mais il était nécessaire, je crois, Zoe.

Le silence s'installe dans notre chambre alors que je reste blottie contre mon mari pendant un long moment. Enfin, il finit par se pencher et par appuyer sur le petit bouton caché au bord du sommier. Une guirlande lumineuse, que j'ai installée dès notre emménagement, illumine alors la tête de lit. Il sort ensuite son téléphone de sa poche, pianote dessus, puis le pose sur le matelas et m'attire contre lui. Prenant mon visage en coupe, il m'embrasse passionnément. Surprise et charmée, je m'agrippe à ses poignets et lui rends son baiser avec un plaisir non dissimulé.

– On va y arriver, ensemble, chuchote-t-il avant de m'embrasser de nouveau.

Me sentant plus fragile que jamais, je passe mes bras autour de sa nuque et me laisse aller contre lui, bercée par le mouvement de ses lèvres sur les miennes. Les notes de *Have Yourself a Merry Little Christmas* entonnées par Michael Bublé résonnent dans la pièce, et Ethan nous incite à nous lever, puis il prend ma main pour me faire doucement tourner sur moi-même. Il passe ensuite un bras autour de ma taille et, tranquillement, nous commençons à danser.

– Je suis fier de toi, tu sais, m'assure-t-il.

– Pour quelle raison ? Je viens tout juste de m'effondrer lamentablement.

– C'est ce que tu crois, mais c'est faux. Tu es tellement forte… Zoe, tu vas bientôt donner naissance à un être humain… à notre bébé. Je ne saurai jamais ce que tu ressens, mais je crois que si j'étais à ta place, il y aurait longtemps que je serais paralysé par la peur.

Je souris malgré moi face aux yeux brillants de mon mari.

– Je ferai toujours tout pour te rendre heureuse, parce que tu le mérites, ajoute-t-il. Tu mérites tout, Zoe.

– Ethan…

Je blottis mon visage contre son cou puis je lui glisse :

– Tu es incroyable.

Soudain, une pensée me frappe de plein fouet. Ce sont les derniers moments que nous partageons à deux. Bientôt, nous serons trois pour toujours et le couple qu'Ethan et moi formons se transformera en une famille. Nous ne serons plus seulement mari et femme, nous serons aussi père et mère. Et même si, malgré la peur, j'ai hâte d'accueillir notre enfant, ce soir, j'ai juste envie de profiter de l'homme que j'aime et de lui seul.

Encore un peu de lui et moi avant la grande aventure…

CHAPITRE 14

ZOE

White Christmas
Bing Crosby

– Tante Zoe !

– Salut, Lily jolie.

Le visage de ma nièce apparaît sur l'écran du téléphone de sa mère. Lily aura bientôt onze ans, mais les années ont beau passer à toute vitesse, le bleu si particulier de ses yeux, lui, reste le même.

– Comment tu vas ? je lui demande.

– À ton avis ? Maman m'a abandonnée à Snowflakes Garden pour venir te retrouver. Je me sens trahie.

– Je ne t'ai pas abandonnée, Lily, intervient Rosalie.

Drapée d'une indignation franchement comique, ma nièce insiste :

– C’est tout comme. Pourtant, j’avais fait une liste des raisons pour lesquelles il était *vital* que je l’accompagne, mais elle ne m’a pas écoutée.

Sa mère, blasée, secoue la tête.

– Il ne reste plus que dix jours avant Noël, Lily, je lui rappelle. Un peu de patience !

– Ça, ce n’est pas du tout mon fort…

– Tu tiens ça de ta tante ! s’écrie Rosie.

– Où êtes-vous ? demande Lily.

– On se balade, mais on va bientôt faire une pause dans un petit café, dis-je. Le bébé commence à avoir faim.

Ce n’est qu’une demi-vérité. En réalité, Rosalie et moi venons de déposer de nombreux cadeaux chez moi avant de retourner braver le froid hivernal. Bien sûr, ma sœur a profité de son séjour à New York pour trouver de quoi gâter sa fille le 25 décembre… À bientôt onze ans, Lily oscille encore entre l’enfance et la pré-adolescence, et cela se ressent dans ce qu’elle a mis dans sa liste de souhaits : aussi bien une console électronique que des jouets plus classiques, de construction et de réflexion par exemple. Ce qu’elle aimerait par-dessus tout, cependant, c’est un téléphone portable. Mais ma sœur la juge encore trop jeune et je ne lui donne pas tort. Une fois que ces engins entrent dans nos vies, il est très difficile de s’en détacher. Toutefois, je n’ai aucun doute quant au fait que le visage de ma nièce s’illuminera lorsqu’elle découvrira ses présents sous le sapin d’ici quelques jours.

– Oh, d'accord, réagit-elle. Bon, je dois y aller, j'ai des révisions à faire pour mon contrôle d'histoire.

Elle nous envoie des baisers, puis je coupe le FaceTime. À l'instant où je m'apprête à rendre son smartphone à ma sœur, un message apparaît sur l'écran. Prise par surprise, je le lis malgré moi.

– Qui est ce « R » qui te demande « Pourquoi es-tu partie ? »

Rosalie pâlit et s'empresse de m'arracher son portable des mains.

– Je ne sais pas, fait-elle en déglutissant.

– Tu ne sais pas, je répète, perplexe.

– Non c'est… Tu ne le connais pas.

– « Le » ? Donc on parle bien d'un individu de sexe masculin ?

– Oh, oublie ça, Zoe.

– Aucune chance. Dis-moi qui c'est, Rosie.

– Personne d'intéressant, assène-t-elle. La preuve, je n'ai daigné lui accorder qu'une initiale dans mon répertoire, rien d'autre.

Tandis qu'elle reprend son chemin, je m'empresse de la suivre pour la rattraper.

– Rosalie Reynolds ! je m'écrie en me plantant devant elle. Est-ce que tu as quelqu'un dans ta vie en ce moment ?

– Non.

– Je crois que tu mens.

– Et moi, je crois que tu es un peu trop curieuse.

Je croise les bras sur mon ventre et déclare :

– Donc, toi, tu as le droit de débarquer ici pour me poser un tas de questions et sonder mon âme sous prétexte que tu es en mission de Noël, mais moi, je n'ai pas le droit de m'intéresser à ta vie personnelle ?

Piquée au vif, Rosie prend la même posture défensive que moi.

– Je ne suis pas venue sonder ton âme, je suis venue te redonner goût aux fêtes de fin d'année.

– Ou alors, tu es ici parce que tu fuis quelqu'un.

Un voile de tristesse furtif passe dans le regard de Rosalie. Mais la vitesse avec laquelle elle plaque un sourire sur ses lèvres me donne l'impression d'avoir rêvé.

– Je suis venue aider ma sœur, énonce-t-elle.

Une pensée me traverse soudain, me glaçant net.

– Rosalie… Ce « R », ce n'est pas Remy, au moins ?

Le père de Lily aura donné à ma sœur le plus beau des cadeaux… mais c'est le seul point positif que j'accepte de lui reconnaître.

Rosie me dévisage d'un air choqué qui me rassure aussitôt.

– Je préférerais encore me faire piétiner par un troupeau de rennes plutôt que de laisser l'ombre d'une seconde chance à cet… individu, affirme-t-elle. Je n'arrive pas à croire que tu puisses en douter, Zoe.

– Excuse-moi, mais je devais en être sûre. Parce que, dans le cas contraire, c'est moi qui serais entrée en mission pour te sauver, et enceinte ou pas, j'y aurais mis les moyens, sois-en certaine.

Attendrie, ma sœur passe un bras sous le mien.

– Personne ne déclenchera de guerre aujourd'hui. Allez viens, je crois que ton taux de sucre dans le sang baisse dangereusement, il faut y remédier.

– Et voici pour vous : deux maxi-chocolats de Noël avec supplément de crème fouettée. Régalez-vous.

La serveuse partie, Rosalie s'empresse de goûter à sa boisson chaude. Le son guttural qu'elle pousse et les moustaches de chantilly qui lui restent lorsqu'elle repose son mug me donnent envie de sourire. Je ne devrais pas être surprise qu'elle ait choisi pour notre pause goûter l'un de mes endroits préférés : ce café me rappelle sa propre pâtisserie à Snowflakes Garden. Le comptoir sur lequel sont disposées des décorations, les vitrines qui contiennent toutes sortes de gâteaux et de cupcakes ainsi que l'ambiance chaleureuse des lieux créent un véritable cocon de douceur.

Le truc en plus, chez Rosie, c'est la cheminée qui donne l'impression d'être à la maison, ainsi que les étagères de livres qu'elle a fait ajouter sur les murs.

– Ça, c'est la belle vie, lâche ma sœur en se calant confortablement dans son fauteuil.

– Boire des chocolats chauds ? je relève.

– Et être installée dans un endroit douillet, respirer la bonne odeur des pâtisseries qui sortent du four, voir la neige au dehors, regarder les décorations de Noël… Oui, c'est ma définition du paradis. Et c'est la tienne aussi, d'ailleurs.

Je sirote ma boisson pour éviter que le sujet ne revienne sur le tapis.

– On pourrait refaire un peu de shopping demain, suggère-t-elle soudain. Tant qu'on y est… Il n'y a jamais trop de cadeaux !

– Ah non ! je proteste. On s'était mises d'accord : aujourd'hui, c'était la dernière fois !

Exaspérée, ma sœur pousse un grognement de frustration.

– Mais enfin, Zoe, tu vas m'expliquer pourquoi tu réagis de cette façon dès que quelqu'un évoque Noël ?

– Je te l'ai déjà dit, j'ai besoin de prendre de la distance avec cette fête.

– Vraiment, ça me dépasse. Je n'aurais jamais imaginé que tu puisses devenir aussi réfractaire à tout ce que tu aimais jusque-là.

– Laisse tomber.

– Sûrement pas. Parle-moi, Zoe. Tu sais que tu peux tout me dire.

Je soupire, avant d'avouer :

– Je suis… perdue. Je me suis consacrée à ma passion pour Noël jusqu'à la transformer en une entreprise lucrative pour laquelle je suis devenue un bourreau de travail, et je ne sais pas si c'est bien. Est-ce que j'aime encore cette fête pour ce qu'elle est, ou parce qu'elle est mon gagne-pain ? Chaque fois que je pense à ça, je ressens un étrange malaise. Je suis incapable de ressentir de la magie cette année. Et je ne sais pas si j'y parviendrai à nouveau un jour.

Rosie se fige. Elle paraît tellement choquée que je me demande si je ne lui ai pas provoqué une crise cardiaque. Mais lorsque je commence à vraiment paniquer, elle retrouve soudain des couleurs. Et quand elle parle… elle me colle une trouille d'enfer.

– Tu l'auras voulu. Je ne souhaitais pas en arriver à de telles extrémités, mais puisque tu ne me laisses pas le choix… Dès demain, je te ramène au bercail !

Elle attrape son téléphone et se met à pianoter dessus.

– Rosalie, qu'est-ce que tu fais ?

– Tu as beau le nier, je sais que ce qui t'anime est encore là, quelque part, bien caché au fond de toi. Tu as décidé de l'étouffer, et c'est ça le problème. Tu ne veux plus sortir, plus célébrer quoi que ce soit ni entendre parler de décorations… Tu te prives volontairement de ce que tu aimes, donc tu déprimes. Je ne vois qu'un moyen pour ranimer ta flamme noëlesque.

Ma sœur range son portable et me fixe soudain droit dans les yeux, avant de déclarer :

– On rentre à Snowflakes Garden.

CHAPITRE 15

ZOE

I'll Be Home
Meghan Trainor

Snowflakes Garden me manque.

J'ai cette ville dans le sang ; une fois qu'on a été habitué à passer Noël dans cet endroit féerique, tous les autres ont bien du mal à rivaliser. Évidemment, cette année, il était impossible pour Ethan et moi de nous rendre dans ma ville natale pour réveillonner : la naissance du bébé étant prévue pour fin décembre, prendre le risque de me retrouver loin de mes médecins au moment où l'accouchement se déclenchera était inenvisageable. Alors je ne l'admettrai jamais à voix haute, mais je n'ai pas eu de mal à me laisser convaincre par ma sœur de l'accompagner à Snowflakes Garden pour aller y chercher Lily. L'idée de passer quelques heures dans ma ville natale me remplit d'une joie que je n'avais pas ressentie depuis des semaines.

Je me demande souvent, et surtout depuis un an, si New York sera l'endroit dans lequel Ethan et moi vivrons pour toujours. Pour l'instant, nos métiers nous y obligent, mais peut-être qu'un jour j'aurai envie de troquer notre appartement pour une jolie maison avec un jardin. Nous n'avons pas encore évoqué ce sujet tous les deux ; je sais cependant qu'un jour il s'imposera de lui-même. En attendant, mon mari a décidé d'être de la partie pour ce voyage de dernière minute. Il ne le dit pas explicitement, mais je *sais* qu'il s'inquiète à l'idée que le travail puisse débuter à tout moment et il veut être là au cas où, ce que je ne peux lui reprocher.

Nous avons quitté Manhattan avec Rosalie il y a déjà une heure, à bord de mon SUV. Tout en conduisant, Ethan s'attelle à me réciter une énième liste de prénoms :

– Pour une fille, qu'est-ce que tu penses de Scarlett, Mila, Lia, Juliette, Billie ou Dovie ?

– Hm…

– Et Sawyer, Ryan, Robin, Noah, Jaxon ou Oscar pour un garçon ?

– Ils sont tous jolis, mais il n'y en a aucun qui déclenche un coup de cœur de ma part.

Depuis ce matin, nous essayons vraiment de trouver le prénom de notre bébé. Tout est prêt pour l'accueillir, sauf ce point essentiel.

– Une idée, Rosie ? je demande à ma sœur, installée à l'arrière.

– Sur quoi ?

Je me tourne vers elle, les sourcils haussés.

– On essaye de trouver un prénom pour le bébé.

– Oh… désolée, je n'ai pas d'inspiration.

Je la détaille quelques secondes avant de lui lancer :

– Tout va bien ?

– Bien sûr !

Elle a beau sourire, je n'y crois pas une seconde. Rosalie est étrangement silencieuse depuis que nous nous sommes mis en route. Je n'ai toujours pas réussi à mettre le doigt sur ce qu'elle me cache, mais j'ai comme l'impression que ça a à voir avec Snowflakes Garden.

– Est-ce qu'on pourra s'arrêter à la pâtisserie avant d'aller chez les parents ? reprend-elle. J'ai envie de voir comment les choses se sont passées depuis mon départ.

– Bien sûr. Tu pourras en profiter pour nous prendre quelques petites douceurs, je lui glisse avec un clin d'œil.

Elle acquiesce puis tourne la tête du côté de la fenêtre, pour se remettre à observer le paysage.

Quelque chose cloche vraiment.

Le silence retombe dans l'habitacle. Au bout d'une autre heure de route, je constate que Rosalie s'est endormie.

– J’ai eu une nouvelle idée de prénom, me murmure alors Ethan en posant une main sur ma cuisse.

– Je t’écoute.

Il se veut discret, mais je remarque tout de même la façon dont il déglutit avant d’avancer :

– Qu’est-ce que tu penses de Rafael, pour un garçon ?

Même si je le sais déjà, il me précise :

– C’est comme ça que s’appelait mon père. Je me suis dit que… mais ce n’est peut-être pas approprié, oublie ça.

La peine sur le visage d’Ethan me serre le cœur. Je n’ose imaginer le maelstrom d’émotions qu’il doit ressentir alors que notre enfant s’apprête à voir le jour, lui dont les rapports avec son père ont été si compliqués jusqu’au décès de ce dernier. Quand je vois à quel point l’expérience familiale de mon mari a été chaotique, je ne peux que saluer la chance que j’ai d’avoir une famille soudée et des parents présents.

Et pourtant, Ethan se conduit déjà comme un père extra. Il est si attentif, si tendre… Il croit que je n’ai pas remarqué toutes ses allées et venues dans la chambre du bébé, mais c’est faux. Depuis toujours, j’aime contrôler les choses, mais j’ai décidé de le laisser aménager le cocon de notre enfant comme il le souhaite, et je suis sûre que ce sera parfait.

– C’est un joli prénom, lui dis-je. Et si c’est important pour toi, alors je suis d’accord.

– Vraiment ?

– Bien sûr.

– Mais mon père n'était pas quelqu'un de bien. Enfin, il n'était pas mauvais, mais il m'a abandonné…

– Et il est revenu ensuite dans l'espoir de te retrouver. Ethan, il n'y a que toi qui peux savoir qui était vraiment ton père ; moi, je n'aurai jamais la chance de le rencontrer. Mais même si tu as des choses à lui reprocher, je *sens* que tu l'aimes, et si c'est le cas malgré ses erreurs, alors c'est qu'au fond il était quelqu'un de bien. Je te le répète : si c'est important pour toi de lui rendre hommage de cette façon, je suis d'accord pour que notre bébé s'appelle Rafael, si c'est un garçon. En plus, ce prénom me plaît beaucoup.

Une main autour du volant, Ethan se contente de hocher la tête et de serrer ma cuisse en guise de remerciement. Puis je remarque une unique larme rouler de son œil le long de sa joue. Je me penche, la lui essuie et dépose un baiser sur sa peau, avant de blottir ma tête contre son épaule.

Nous terminons le trajet ainsi, dans un silence confortable, et je me surprends moi-même à somnoler légèrement à force d'être bercée par le mouvement du véhicule.

Seulement, quand j'aperçois l'allée de sapins mythique qui marque l'entrée de Snowflakes Garden, je me redresse d'un coup. Mes yeux se sont illuminés, je le sais.

Parce que je suis à la maison.

Et soudain, les idées moroses que j'ai nourries ces dernières semaines semblent s'évaporer. Il est impossible de broyer du noir à Noël, surtout pas à Snowflakes Garden.

– Mes chéris, je suis tellement heureuse de vous voir !

Ma mère nous enlace avec ravissement. Rosalie et moi sommes couvertes de baisers et Ethan a droit à son traitement de faveur : une offrande de roulés à la cannelle. Puis mon père sort de la cuisine, un verre de lait de poule à la main, et les embrassades reprennent de plus belle. Enfin, ma tornade blonde préférée descend les escaliers à toute vitesse et se jette contre moi. Je recule un peu sous le coup de l'impact, mais j'enroule mes bras autour de ma nièce et je la serre à l'en étouffer d'amour.

– Toute la famille est réunie ! pépie-t-elle.

La joie sur son visage n'a pas de prix. Ses joues sont roses d'excitation et elle s'empresse de nous attirer dans la salle à manger pour nous montrer ce qu'elle a préparé.

– Je les ai accrochées aujourd'hui. On est tous là, fait-elle en désignant les chaussettes à nos prénoms placées le long du manteau de cheminée.

– Il n'y a pas à dire, sans vous, la période de Noël n'avait pas la même saveur… renchérit mon père.

– Snowflakes Garden m'a semblé si vide depuis que Rosalie est partie… ajoute ma mère. Savoir mes deux filles à New York, c'est trop pour moi. Promets-moi de ne pas déménager là-bas toi aussi, Rosie !

– Promis, maman, déclare ma sœur en levant les yeux au ciel.

Déjà fatiguée, je m'installe dans le fauteuil face au feu de bois. Le bruit des bûches qui crépitent dans l'âtre est réconfortant à souhait.

– Alors, vous êtes prêts pour ce soir ? demande ma mère en proposant à Ethan un café pour accompagner ses roulés à la cannelle – il en est déjà à son deuxième alors que nous ne sommes ici que depuis dix minutes.

– Prêts pour quoi ? je relève, perplexe.

– Pour la soirée des pulls moches ! annonce mon père comme si c'était évident.

Perdue, je jette un coup d'œil à Rosie. Je repère alors une lueur coupable dans son regard.

– Il se passe quoi, là ? je m'exclame. Je croyais qu'on venait récupérer Lily, un point c'est tout ! Et maintenant, je découvre qu'un programme spécial Noël s'est monté dans mon dos ?

Un court silence s'installe, que ma sœur finit par briser :

– Comme je te l'ai dit avant de partir, tu as besoin de réveiller ta flamme intérieure, Zoe. Nous avons décidé de profiter du temps que tu vas passer ici pour te redonner goût aux fêtes de fin d'année.

Si après ça tu décides de rester une Scrooge parmi les Scrooge, tant pis pour toi.

– Je n'ai rien d'une Scrooge ! je proteste.

– À d'autres. Même Ethan paraît déborder d'esprit de Noël à côté de toi en ce moment.

Pour toute réponse, je me contente de hausser les épaules et de secouer la tête.

– Vous savez quoi ? On va aller en ville faire quelques achats, propose ma mère. Il vous faut un pull moche digne de ce nom.

– Du shopping ? s'écrient Rosie et Lily de concert.

Oh bon sang, le virus s'est propagé à la nouvelle génération !

– Allez-y sans moi, déclare mon père. Je vais rester pour peaufiner ma recette de lait de poule.

Quelque chose me dit que ce soir, les invités en auront pour leur argent…

CHAPITRE 16

ZOE

Last Christmas
Wham!

– Qu'est-ce que tu préfères, Scrooge ? Des sucres d'orge qui clignotent ou une famille de manchots pailletés ?

Lily jolie dévisage mon mari en lui tendant deux pulls, avec dans le regard un sérieux implacable. Ethan passe d'un vêtement à un autre, puis il grommelle :

– Le choix est cornélien.

Je perçois dans son ton une pointe d'ironie qui me fait sourire.

– Je crois que je vais choisir les manchots, finit-il par décréter.

– Tu es sûr ? réplique Lily en rapprochant les sucres d'orge de son visage. Il faut que tu choisisses le vêtement qui te rendra le plus moche possible, pas de demi-mesure.

Ethan cille, puis déclare :

– Va pour les sucres d'orge.

– Excellent choix.

Lily dépose le pull contre le torse de mon mari, puis elle s'éloigne afin de trouver son bonheur pour sa propre tenue.

– Je rêve ou je viens de me faire manipuler, là ? me lance Ethan au bout de quelques secondes.

– C'est l'histoire de ma vie, lui répond ma sœur en passant devant nous, plusieurs vêtements empilés sur le bras.

Je pouffe discrètement. Lily jolie continue de stupéfier son monde…

En ce qui me concerne, ma détermination à rester imperméable à l'esprit de Noël commence à s'essouffler. Il faut dire que, depuis que j'ai remis les pieds à Snowflakes Garden, je suis emportée malgré moi par l'atmosphère chaleureuse qui y règne. Il se peut que Rosalie ait raison et que, au lieu d'éviter à tout prix ce que j'aimais au point d'y consacrer toute mon énergie, je doive au contraire m'y confronter.

Il n'y a pas à dire, l'expression « chassez le naturel, il revient au galop » prend tout son sens à cet instant, en témoigne le pyjama parsemé de branches de gui que je serre dans mes bras. C'est un motif que je n'avais pas encore dans ma collection et il était hors de question que je passe à côté.

À présent, j'inspecte un étal qui présente des pulls à motifs lumineux, du même type que celui que ma nièce vient de faire choisir à Ethan. Je tends la main pour en attraper un, mais une autre cliente s'en empare en même temps que moi.

– Oh, madame la maire, excusez-moi ! dis-je en reconnaissant la femme devant moi.

– Aucun problème. Allez-y, prenez-le, me répond-elle avec un grand sourire. Il y a assez de choix ici pour qu'on n'ait pas à se battre pour un vêtement.

– Je suis d'accord.

– Puisque nous nous croisons, j'en profite... Comment allez-vous, Zoe ?

– Bien, merci. Je m'apprête à me lancer dans l'aventure de ma vie.

– Je vois ça. Je n'ai pas eu l'occasion de vous le dire l'année dernière, mais je tenais vraiment à vous féliciter pour le mariage splendide que vous avez organisé dans notre ville. Vous avez inspiré beaucoup de nos concitoyens, d'ailleurs. Le mariage à Noël est en vogue.

– J'en suis heureuse.

– Et moi aussi. Bon, passez une bonne journée.

– Merci, pareillement.

La maire s'apprête à s'éloigner, mais soudain, je la retiens :

– Madame Wild ! Moi aussi, il y a quelque chose que je n'ai encore jamais eu l'occasion de vous dire : je trouve que vous faites un excellent travail pour maintenir la magie de Noël à Snowflakes Garden. Vous pouvez être sûre que le vote de ma famille vous est acquis pour votre prochain mandat.

Alors que j'imaginais qu'elle en serait ravie, je me rends compte avec surprise qu'une lueur de tristesse traverse ses iris.

– C'est très gentil à vous, Zoe, mais j'ai décidé de ne pas me représenter, m'annonce-t-elle.

– Pourquoi ça ? fais-je, ahurie.

– Eh bien, en réalité, je vais quitter la ville.

Voyant ma surprise, pour ne pas dire mon choc, elle ajoute :

– Oh, ne vous inquiétez pas, je suis sûre qu'un nouveau maire digne de ce nom saura prendre soin de Snowflakes Garden comme il se doit.

– Mais, enfin… vous êtes obligée de partir ?

C'est fou, mais savoir que Laura Wild n'œuvrera plus pour faire briller cet endroit me bouleverse. Elle a tant fait pour asseoir la réputation de la ville en tant que berceau de la magie de Noël que je n'arrive pas à imaginer une autre figure qu'elle pour nous représenter.

– J'aime profondément Snowflakes Garden, déclare-t-elle. Il y a quelque chose ici, une féerie dans l'air qui n'existe nulle part ailleurs. Et ça a été un véritable honneur d'y consacrer plusieurs années… mais je crois qu'il est temps pour moi de vivre d'autres aventures ailleurs.

Ses yeux brillent légèrement ; toutefois, elle se reprend rapidement.

– Enfin bref. Je suis sûre que tout ira bien pour les habitants, conclut-elle. Au revoir, Zoe.

– Au revoir.

Elle pose une main sur mon bras, me sourit chaleureusement puis quitte le rayon. Une fois le choc passé, je récupère le pull que je convoitais et me mets en mouvement à mon tour, prenant la direction de la caisse, où le reste de ma famille m'attend déjà. Nous réglons nos achats, puis Lily, Rosalie et ma mère se rendent chez le traiteur afin d'aller y récupérer ce qu'elles ont commandé pour le repas de ce soir. En attendant, Ethan et moi nous installons sur un banc. Je ferme les yeux et respire l'air tellement plus pur que celui de New York... Ici, les flocons qui tombent sont énormes, la neige tient toujours au sol, la circulation est fluide, il n'y a pas le brouhaha incessant des klaxons qui donne parfois le tournis à Manhattan.

Je me tourne vers mon mari, qui est justement en train de me regarder.

– Quoi ? je lui lance.

– Toi. Tu aimes être ici.

– Pas toi ?

– Bien sûr que si. C'est le seul endroit où je supporte Noël.

– Est-ce que tu te verrais vivre dans un environnement comme celui-là plus tard ? Y élever notre enfant ?

Ethan penche la tête sur le côté, surpris, avant de me demander :

– Tu n'aimes plus New York ?

– Si, bien sûr. Mais… tu ne voudrais pas un jour avoir une maison ? Une cheminée avec le feu qui y crépite en hiver, un jardin dans lequel nos enfants pourront courir…

– Je ne sais pas. J'ai toujours été citadin et j'aime l'énergie des grandes villes.

– Je comprends. C'était juste une idée comme ça.

– On pourra en rediscuter dans quelque temps. Qui sait, la naissance du bébé me décidera peut-être à voir les choses à ta façon.

– On en reparle plus tard, alors, dis-je en me blottissant contre mon mari.

Je continue d'observer les gens, un sourire aux lèvres. Une maman tient ses deux petits garçons par la main ; ils bondissent et laissent leurs empreintes dans la neige. Un homme porte trois paquets en équilibre précaire, un autre se promène les mains dans les poches et…

– Oh mon Dieu !

Je plaque une main sur ma bouche, stupéfiée.

– Zoe ?

– Bon sang de bon sang…

– Zoe, qu'est-ce qui se passe ? me demande Ethan, inquiet. C'est le bébé ? Il arrive ?

– Non… c'est le démon, il est là !

– Le démon ? Mais de quoi tu… Zoe ?

Je bondis sur mes pieds et fonce vers la boutique du traiteur, dans laquelle Rosalie, Lily et ma mère sont encore.

– C’est la galère, la grosse galère, je marmonne tout en remontant le trottoir enneigé.

– Mais enfin, tu vas m’expliquer ce qui se passe ? me lance Ethan, sur mes talons.

À l’instant où je m’apprête à entrer à l’intérieur du magasin, ma famille en sort, si bien que je heurte ma sœur de plein fouet.

– Qu’est-ce que tu…

J’attrape son visage entre mes mains et lui annonce :

– Le démon est ici.

Le visage de Rosalie se fige. Mais alors que je m’attends à ce qu’elle cède à la panique, elle reste en réalité étrangement stoïque.

– Rosie, tu as entendu ce que je t’ai dit ? j’insiste. Le démon est…

– Bonjour, les Reynolds.

Mes yeux s’écarquillent. Lentement, je relâche ma sœur et je pivote. L’homme qui se tient près de nous est grand, a les cheveux bruns et les yeux bleus. Son visage m’est familier, mais il a changé… Les années ont cependant été clémentes avec lui.

– Salut, Rosalie, dit-il en plantant son regard dans celui de ma sœur.

– Romeo, se contente-t-elle de lui répondre, mal à l’aise.

Mon regard fait le va-et-vient entre eux deux, et je prends conscience d’une chose : ils se sont vus récemment. J’en suis presque certaine. Sinon, Rosie ne parviendrait pas à rester aussi calme.

– Romeo, ça fait longtemps qu'on ne t'avait pas croisé, déclare ma mère, moins chaleureuse qu'à l'accoutumée.

– Je suis arrivé à Snowflakes Garden il y a deux semaines, indique-t-il.

Il continue de regarder ma sœur, et dans ma tête, tout prend un sens. J'ai toujours pu compter sur Rosalie, mais je dois admettre que la façon si brusque dont elle a débarqué à New York pour sa prétendue mission sauvetage de Noël aurait dû me mettre la puce à l'oreille. Je suis désormais persuadée que, plus que l'envie de venir à Manhattan, c'est le besoin de fuir notre ville natale qui l'a poussée à me rendre visite. Et je comprends pourquoi désormais…

– Salut, reprend Romeo en posant son regard sur Lily.

– Salut, lui renvoie ma nièce en lui jetant un regard suspicieux.

Je crois qu'il est temps que nous partions, avant que des questions gênantes ne sortent de la bouche de ce petit lutin blond.

– Bon, eh bien… c'était sympa de te revoir, mais on doit y aller, je lâche.

– Je comprends, je ne vous retiens pas. Félicitations, d'ailleurs, fait-il en désignant mon ventre d'un mouvement de la tête.

– Merci, répondons Ethan et moi de concert.

Puis j'attrape le bras de ma sœur et je l'incite à avancer.

– Rosie, lance alors Romeo.

Je sens tout le corps de l'intéressée se contracter. Elle ose un coup d'œil derrière elle tandis que Romeo ajoute :

– On pourrait peut-être boire un café ensemble un de ces jours. J'ai décidé de me réinstaller ici.

Nom de Dieu.

– C'est gentil de proposer, Romeo, intervient ma mère. À bientôt.

Nous parvenons enfin à nous éloigner. Ethan en profite pour m'attirer contre lui par la taille.

– Tu m'expliques ? dit-il à mon oreille.

Je laisse un peu d'avance aux filles, puis je raconte :

– Romeo est le premier amour de Rosalie. Ils ont commencé à sortir ensemble quand ils avaient seize ans et leur histoire a duré six longues années. Ces deux-là, c'était quelque chose : de vraies âmes sœurs… Jusqu'au jour où Romeo a annoncé qu'il voulait quitter Snowflakes Garden, parce qu'il trouvait que la ville ne correspondait pas à ses ambitions. Il a tenté de persuader Rosalie de venir avec lui, mais elle voulait rester : elle, elle était heureuse. C'est devenu un sujet de tension entre eux, mais ils s'aimaient toujours. Et puis un jour, comme ça, Romeo est parti sans prévenir personne. Rosie a reçu une lettre quelques semaines après, dans laquelle il lui expliquait qu'il était désolé, mais qu'il ne pourrait jamais construire sa vie ici, qu'il n'était pas fait pour ça, alors qu'il valait mieux qu'ils se séparent. Elle ne l'a plus jamais revu… jusqu'à il y a quelques semaines, apparemment.

– Donc « le démon », c'est lui ?

– C'est le surnom qu'elle lui a donné, oui. Je n'en reviens pas qu'il ait décidé de revenir s'installer ici. C'est William qui doit être secoué.

– William ?

– Romeo et lui sont frères.

Ethan hausse les sourcils.

– Romeo et William ? Leurs parents étaient dans un trip shakespearien ou quoi ?

– Exactement. Enfin bref, quand son frère est parti, William lui en a beaucoup voulu, et ils n'ont plus jamais eu la même relation. Je suppose que la mort de monsieur Oliver a fait remonter des remords chez Romeo. À mon avis, les fêtes de fin d'année vont être rythmées dans leur famille…

CHAPITRE 17

ZOE

Santa, Can't You Hear Me
Kelly Clarkson & Ariana Grande

Une fois la rencontre avec Romeo oubliée, l'humeur de Rosalie s'améliore à mesure que les heures nous rapprochent de la soirée pulls moches. Dans la maison familiale, c'est l'effervescence : la longue table qui accueillera les invités vient tout juste d'être dressée. Comme d'habitude, ma mère a pris soin de ne sélectionner que des éléments de décoration raffinés et noëlesques. De délicieux effluves de nourriture s'échappent depuis le rez-de-chaussée tandis qu'Ethan et moi achevons de revêtir nos pulls moches à l'étage. Je dois dire que cette année, j'ai bon espoir de remporter le grand prix. Non seulement le pull que j'ai acheté tout à l'heure possède un sapin dont les boules s'illuminent, mais il est en plus divinement pailleté, et pour couronner le tout,

We Wish You a Merry Christmas retentit lorsqu'on appuie sur l'étoile qui trône sur la cime.

Je ne vois vraiment pas comment quelqu'un pourrait faire mieux que ça.

– Prêt ? je demande à mon mari.

– Toujours.

– Parfait, parce que je sens que ce soir…

Je n'ai pas le temps de terminer ma phrase. Le souffle coupé, je me laisse tomber sur le lit. Ethan s'empresse de s'asseoir à côté de moi lorsqu'il remarque mes mains posées sur mon ventre.

– QUOI ? ÇA Y EST ? ÇA SE PRODUIT ? panique-t-il.

Une fois ma respiration retrouvée, je porte mon attention sur mon mari.

Mon Dieu, il est à cran.

– Non… je ne vais pas accoucher, je le rassure. Ton enfant vient juste de me mettre un violent coup dans les côtes.

– Oh, tant mieux.

– Pour toi, peut-être, je grogne en me massant le ventre. Quelle force… Bon, allons profiter de la soirée.

Nous descendons main dans la main au moment où les premiers invités arrivent. Je suis heureuse de revoir leurs visages familiers : madame Edith, Miranda la voisine commère du quartier, et tant d'autres personnes que j'ai connues toute ma vie…

Gloria et William entrent les derniers, et je les enlace avec plaisir.

– Zoe, tu es sublime, me souffle mon ami en me serrant dans ses bras.

– Il a raison, l'appuie sa compagne. La grossesse est faite pour toi.

– Je serai quand même heureuse de ne bientôt plus être dans cet état, je leur réponds en riant.

Gloria, les mains chargées d'un cadeau pour mes parents, s'éloigne dans leur direction. J'en profite pour glisser à William :

– J'ai croisé Romeo en ville, tout à l'heure.

Immédiatement, le visage de mon ami perd de ses couleurs. Comprenant que la conversation s'apprête à s'engager sur un terrain personnel, Ethan dépose un baiser sur ma tempe avant de nous laisser, Will et moi.

– Effectivement, mon frère a débarqué de nulle part sans prévenir il y a quelque temps, soupire-t-il. J'imagine que, l'ambiance des fêtes aidant, il s'attendait à être accueilli de façon chaleureuse…

– Vous vous êtes disputés ?

– Même pas. Il a demandé à voir Andrew, je lui ai dit que je n'étais pas prêt à le laisser entrer dans ma vie, surtout vu la façon dont il avait décidé de me virer de la sienne. Il a répondu qu'il me comprenait, mais que comme il avait l'intention de se réinstaller ici, on allait se croiser souvent. Après ça, j'ai mis fin à notre discussion.

Compatissante, je pose une main sur le bras de William. Plus jeune, Romeo et lui partageaient un lien solide… et puis le départ de l'aîné a tout fragilisé.

M'éloigner de Rosalie serait inenvisageable pour moi. Elle n'est pas juste ma sœur, elle est aussi ma meilleure amie.

– J'imagine que si tu es au courant pour son retour, alors c'est aussi le cas de Rosie ? suppose Will.

Je hoche la tête.

– Comment l'a-t-elle pris ?

– Oh, eh bien, elle s'est réfugiée à New York. Ça te donne une bonne idée de la façon dont elle a géré la chose, non ?

– Foutu Romeo.

Me sentant coupable d'avoir assombri l'humeur de mon ami, je décide de changer de sujet :

– Alors, comment va Andrew ?

Comme je l'espérais, évoquer son fils lui redonne des couleurs. Je l'écoute me raconter la progression du petit, de la fierté perçant dans sa voix, tandis que nous rejoignons le reste des invités. Tout le monde se regroupe dans la salle à manger, où mes parents distribuent des boissons à la ronde. Les mixtures de mon père sont connues de toute la ville et, pour une raison qui m'échappe, ils sont de plus en plus nombreux à vouloir y goûter.

– S'il vous plaît, j'aimerais dire un petit mot, commence ma mère.

Le calme se fait, et elle s'engage dans son discours :

– Je tenais à vous remercier d'être venus ce soir et de toujours répondre présent à ces soirées. Je sais que les années défilent mais ne se ressemblent pas ;

ce qui ne change pas, en revanche, c'est que c'est un véritable plaisir pour nous de vous accueillir dans notre foyer. Évidemment, ce soir, on pense fort à monsieur Oliver qui nous manque beaucoup.

Je regarde discrètement William. Il était si proche de son grand-père qu'il a du mal à se remettre de son décès. Son souhait le plus cher était qu'il vive assez longtemps pour rencontrer son arrière-petit-fils, et ça a été le cas, heureusement. Mais c'est vrai que sans monsieur Oliver, les choses ne sont plus tout à fait les mêmes. Cela me manquera de ne plus le voir accrocher son immense nœud rouge sur sa porte d'entrée chaque début de mois de décembre, de ne plus l'entendre parler fort et déformer nos propos à cause de sa surdité, de ne plus croiser son regard bienveillant ni de l'entendre m'appeler par-dessus la clôture séparant sa maison de celle de mes parents chaque fois qu'il me voyait.

Avec lui, la ville a perdu l'un de ses piliers.

– En tout cas, reprend ma mère, comme vous le savez, quelqu'un se verra décerner le prix du pull le plus moche ce soir. En attendant, profitez et régalez-vous !

Nous ovationnons ma mère, qui rougit de plaisir, puis une playlist de Noël se lance en fond sonore et les festivités débutent. Apercevant ma sœur près du buffet de petits-fours, je m'approche d'elle d'un pas tranquille.

– Alors, ton Romeo est revenu ? je lui glisse discrètement.

– Ce n'est pas *mon* Romeo, proteste-t-elle en remplissant une assiette pour Lily.

– Tu comptais me prévenir un jour ?

– Je n'en voyais pas l'intérêt.

– Oh, vraiment ?

Rosie soupire, engloutit un petit-four en une bouchée, puis affirme :

– Oui, vraiment. Je me fiche de savoir où se trouve Romeo Rhodes, je t'assure.

– Et pourtant, tu t'es enfuie à trois heures de Snowflakes Garden dès que tu l'as croisé.

Ma sœur lève les yeux au ciel.

– J'admets que je ne m'attendais pas à le voir. Est-ce que ça m'a fait un choc ? Peut-être, mais c'était juste sur le coup. Finalement, j'ai réalisé que son retour n'est pas important.

– Si tu le dis…

Je prends à mon tour un petit-four, que je dévore avec plaisir.

– Et alors ? j'insiste. Qu'est-ce que ça t'a fait de le revoir ?

– Rien du tout.

– À d'autres, Rosie. Tu tombes nez à nez avec ton premier amour et ça ne te provoque pas la moindre petite réaction ?

– Absolument. Ça fait près de quinze ans que Romeo et moi nous sommes séparés. Encore heureux que je sois passée à autre chose depuis !

J'observe ma sœur en secouant la tête. On a toujours dit de moi que je suis têtue, mais entre nous deux, celle qui remporte la palme du crâne le plus dur, c'est bien Rosalie.

Refusant de la laissant s'en tirer à si bon compte, je me place devant elle et plaque mes mains sur mes hanches.

– C'est marrant, parce que je n'avais pas l'impression que tu étais passée à autre chose lorsque tu as reçu un message du « mystérieux » R, dont tu m'as soigneusement caché la réelle identité.

Rosie se fige un instant avant de m'avouer :

– Il m'a demandé mon numéro pour qu'on puisse aller boire un café tous les deux. Puisque tu es si observatrice, tu as pu te rendre compte cet après-midi qu'il a réitéré sa proposition, ce qui veut dire que je l'avais ignoré la première fois. Et maintenant, si tu me le permets, je vais aller nourrir ma fille.

– Hm, fais donc ça.

Je pioche quelques petits-fours supplémentaires, puis je repère mon mari en grande discussion avec Miranda ; ou plutôt, elle parle et lui cherche désespérément de l'aide du regard. Je m'approche et me glisse discrètement – ou pas, vu ma bedaine – entre eux deux.

– Zoe, tu es resplendissante ! m'accueille la voisine de mes parents.

– Je vous retourne le compliment, dis-je.

Et je ne mens pas. À soixante-cinq ans, Miranda en paraît facilement dix de moins.

Serait-ce donc ça, la clé de la jeunesse éternelle ? Colporter des ragots ?

– Je disais justement à ton fiancé…

– Mon mari, je la coupe.

– Ah oui, j'oubliais. Je disais donc à ton mari que j'avais une superbe idée d'article.

– Tiens donc ? je lance en me tournant vers Ethan.

– Miranda souhaiterait que l'année prochaine, je couvre le concours d'illuminations de maisons organisé dans le quartier.

– Vous pourriez passer chez moi, s'exclame-t-elle. Je vous montrerais les décorations que j'ai prévues en exclusivité.

– Oh, euh… Ça aurait été avec joie, mais nous repartons pour New York dès demain.

– Comme c'est dommage, minaude Miranda. En tout cas, si vous avez besoin de quoi que ce soit, appelez-moi. Je peux vous donner toutes sortes de renseignements sur la ville.

Elle glisse un petit papier avec son numéro dessus dans les mains d'Ethan, puis elle s'éloigne d'une démarche chaloupée. Après son départ, mon mari et moi rions discrètement.

– Je rêve ou elle m'a fait du rentre-dedans devant toi ? s'esclaffe-t-il.

– Franchement, je ne sais pas. Je ne crois pas qu'elle cherchait vraiment à te draguer : je l'ai toujours connue comme ça. C'est juste… sa façon d'être.

– Eh bien…

– S’il vous plaît tout le monde, il est temps de passer à table, nous informe mon père.

Les convives se dirigent tranquillement vers la salle à manger, et chacun cherche son prénom sur les marque-places. M’asseyant aux côtés d’Ethan, je sens un nouveau coup m’être donné, moins fort que celui de tout à l’heure cependant. Mon bébé a l’air de vouloir me dire qu’il sera bientôt prêt à faire son entrée dans ce monde…

Le repas se déroule de façon conviviale. Tout le monde discute et rit, des blagues sont échangées, la nourriture est délicieuse ; je me retrouve dans l’ambiance familière que j’ai toujours connue ici. Je me surprends à observer chacun des invités. Tous ont traversé des moments difficiles cette année, et pourtant ils sont là, souriants, profitant de l’instant, délaissant tout ce qui pèse sur leur cœur le temps d’une soirée.

Soudain, quelque chose m’apparaît clairement : ils avaient tous raison. Rosalie, Ethan, ma famille… Ils savaient. Comment ai-je pu croire que renier ce qui me rend la plus heureuse allait arranger les choses ? On m’a tant répété durant ma grossesse que je ne pourrais pas tout avoir, que tout mener de front serait impossible qu’au départ je n’avais qu’une envie : prouver que j’en étais capable, jusqu’à risquer ma santé. Et puis, après la fausse alerte, j’ai effectué un virage à 180 degrés, reportant toute mon attention sur mon bébé. J’ai délaissé Noël, comme si je lui infligeais une sorte de punition pour m'avoir vidée de mon énergie.

Le fait est qu'aucune de ces méthodes n'a fonctionné, parce que ce dont j'ai besoin, c'est de trouver un équilibre. Je ne veux pas avoir à choisir entre mon rôle de mère et celui de cheffe d'entreprise : je veux être épanouie dans chacune de ces deux parties de moi-même.

– Zoe ?

La voix d'Ethan me tire de ma rêverie. Il passe délicatement son doigt sur ma joue pour essuyer une larme que je n'avais pas sentie couler.

– Ça va, dis-je pour le rassurer. Promis, tout va bien. Tout est… parfait.

Le soulagement qui naît dans ses prunelles me va droit au cœur.

Il a compris.

– Tu es de retour, murmure-t-il avant de se pencher pour m'embrasser.

Je me blottis dans ses bras en poussant un soupir libérateur, tandis que mon accro à Noël intérieure cligne des yeux, s'étire et retrouve sa place, comblant le vide qu'elle avait laissé.

Je passe le reste de la soirée avec un sourire béat sur les lèvres… et il s'élargit encore lorsque l'heure des votes sonne enfin, juste avant le dessert.

– Tu votes pour moi, hein ? me souffle Ethan.

– Ton pull est moins moche que le mien, je vais voter pour moi-même.

Son air outré me fait éclater de rire.

– Mais c'est interdit ! proteste-t-il. Tu ne peux pas mettre ton propre nom sur ce papier, je… Nicole, venez vite, votre fille tente de…

Hilare, je plaque une main sur la bouche de mon mari.

– Tu n'as pas le droit de me dénoncer ! je lui assène. Nous sommes mariés, je te rappelle. Si je plonge, tu plonges.

Ethan plisse les yeux mais finit par abdiquer. Cela dit, au moment d'inscrire mon prénom, prise de remords, je décide de voter pour Lily. Mon mari me voit faire et se moque de moi discrètement. Ensuite, ma mère passe de place en place pour récupérer chaque bulletin, puis elle part faire le dépouillement pendant que mon père sert à tout le monde – sauf Lily et moi – un shot de son lait de poule. Et enfin, le nom du gagnant est annoncé quand nous sommes tous réunis au salon :

– Le prix du pull le plus moche est attribué à… ZOE REYNOLDS !

Des exclamations de joie éclatent un peu partout et, aux anges, j'appuie sur l'étoile de mon sapin, qui se met immédiatement à chanter. Ma mère m'apporte un panier garni énorme en me félicitant tandis que mon père propose à tous les convives de lever leur verre en mon honneur. Ils avalent leur lait de poule d'une gorgée… et des quintes de toux commencent sans attendre.

– Oh, la vache.

– J'ai la gorge en feu.

– Quelqu'un aurait des glaçons ?

– Je crois que je vais aller me rouler dans la neige…

– Oh, allons, c'est juste un peu relevé, c'est tout, tempère mon père.

Et il se sert un second verre de son fameux breuvage. Les plus courageux décident de le suivre, mais la plupart des convives choisissent la voie de la raison.

Plusieurs femmes se tiennent à mes côtés, me posant un tas de questions sur ma grossesse. Les pronostics vont bon train. Le garçon l'emporte, mais Rosalie affirme à qui veut l'entendre que c'est à une petite fille que je vais bientôt donner naissance. Non loin, je repère Lily assise sur une chaise. Elle a le regard rivé dans ma direction, mais ne semble pourtant pas me voir. Je crois que c'est l'effervescence qui m'entoure qui attire son attention. Après m'être excusée, je m'éloigne des babillages et des conseils lancés de tous les côtés pour rejoindre ma nièce. Je pousse un soupir de soulagement en me laissant tomber près d'elle, puis je débute mon désormais habituel mouvement circulaire sur mon ventre.

– Tu t'amuses bien, Lily jolie ? je demande.

– Ça va. Mais je crois que ta victoire de ce soir est un peu biaisée…

– « Biaisée » ? Lily, tu continues à apprendre chaque jour de nouveaux mots ?

– Évidemment.

Je détaille son profil sérieux en souriant.

– Bon, et alors, explique-moi pourquoi ma victoire ne serait pas méritée.

– Parce que tu as gagné grâce au bébé.

– Ah, vraiment ?

Ma nièce hoche vigoureusement la tête, et je remarque qu'elle semble éviter de croiser mon regard.

– Oui, vraiment ! affirme-t-elle. Les gens sont tous attendris par ton bébé alors ils te font gagner. Et ce n'est pas juste.

Je fronce les sourcils. Quelque chose paraît contrarier Lily, mais je n'arrive pas à déterminer quoi.

– Qu'est-ce qui ne va pas ? je lui demande.

Elle garde le silence un instant, et j'attends patiemment qu'elle ait réuni ses pensées. Finalement, elle me glisse dans un souffle :

– Est-ce que tu vas aimer ton bébé plus que moi ?

Je reste un instant muette de surprise, avant de lâcher :

– Quoi ?

– La dernière fois, j'ai entendu grand-mère en parler avec une de ses copines. Elle disait que quand le bébé serait là, tu n'aurais plus de temps pour autre chose que t'occuper de lui. Est-ce que ça veut dire qu'on ne se verra plus ?

J'imagine que Lily a une interprétation un peu déformée des paroles de ma mère : elle a emmagasiné les informations et les a traitées à sa façon.

– Pourquoi est-ce qu'on ne se verrait plus ? je l'interroge. Bien sûr que le bébé va demander beaucoup de mon temps, mais j'en aurai toujours pour toi.

– C'est pas grave, tu sais, m'assure ma nièce sans parvenir à cacher sa moue triste. Je comprends, tout le monde trouve que les bébés sont mignons et moi, je suis déjà grande…

– Lily Reynolds ! je m'exclame, contrariée. Comment peux-tu penser une seconde que tu auras moins d'importance dans ma vie ?

La relation que j'entretiens avec ma nièce, je ne l'entretiendrai avec aucun autre enfant. J'ai été témoin des premiers mots de Lily, de ses premiers pas, des grandes étapes de sa vie et j'espère être là encore très longtemps pour assister à de nombreux autres événements. La regarder grandir et évoluer m'a beaucoup appris, et je sais sans aucun doute que cela m'aidera dans mon nouveau rôle de mère.

– Tu seras toujours ma Lily jolie, dis-je en l'attirant contre moi. Rien ne changera jamais ça, c'est compris ? J'ai gardé tous les dessins que tu m'as faits, les poèmes que tu m'as écrits, j'ai développé des centaines de photos de toi… Tu n'es pas ma fille, mais tu possèdes quand même une grande partie de mon cœur. L'amour que je ressentirai pour mon bébé sera différent de celui que je ressens pour toi, mais ça ne rendra pas notre relation moins importante, tu comprends ?

– Oui.

Son murmure me serre le cœur. Lily est une petite fille intelligente et sensible. Si je n'avais pas été perdue au milieu de mes brumes de morosité, j'aurais compris plus tôt quels questionnements la hantaient.

Mais je décide de ne pas me flageller pour ça. Je crois que Rosalie avait raison… Être mère est une aventure terrifiante et exaltante qu'il faut prendre un jour après l'autre. Et même si j'ai encore tout à apprendre, grâce à Lily, je sais déjà une chose : je suis capable d'aimer de façon inconditionnelle… et c'est de cet amour sans limite que je vais inonder mon enfant.

CHAPITRE 18

ZOE

You Make It Feel Like Christmas
Gwen Stefani ft. Blake Shelton

Je me doutais que réussir à caser toute ma famille dans notre appartement allait relever du miracle, mais j'étais encore loin de la vérité.

Nous avons quitté Snowflakes Garden hier. Lily, ma sœur, Ethan et moi sommes repartis à bord de mon SUV, tandis que mes parents ont embarqué dans le pick-up de mon père, avec un monticule de bagages impressionnant. En arrivant, Rosie et sa fille ont investi la chambre d'amis, et malgré mes protestations, mes parents ont pris leurs quartiers sur notre canapé transformé en lit pour l'occasion. Je voulais leur laisser notre chambre, à Ethan et moi, mais ma mère a catégoriquement refusé, m'ordonnant de passer mes dernières nuits avant l'accouchement aussi confortablement que possible.

Aujourd'hui, tout le monde est d'excellente humeur. Une énergie communicative se propage à chacun d'entre nous tandis que nous terminons notre déjeuner.

– Maintenant que Zoe est redevenue elle-même, nous allons pouvoir planifier les festivités, commence ma sœur.

– Oh, quelle bonne idée ! s'exclame ma mère. Il faut que nous validions le menu pour que je puisse prévoir d'acheter tous les ingrédients nécessaires pour notre repas de Noël.

– On pourrait aussi réfléchir à la décoration de la table, propose Rosie.

– Et préparer des biscuits, ajoute Lily.

Je souris en écoutant leurs idées. J'ai hâte de participer à chacune des activités qu'elles viennent d'évoquer.

– Profitez bien de votre journée ensemble, déclare mon père. Ethan et moi, on a quelque chose à faire tous les deux.

– Ah bon ? s'étonne mon mari.

– Toi et moi, nous allons faire un petit tour à la patinoire.

Ethan et moi réagissons par un blanc. Voyant notre hésitation, mon père insiste :

– Je sais, Zoe m'a dit que tu as juré de ne plus jamais remettre les pieds sur la glace. Mais après une chute, c'est important de remonter en selle. Tu vas voir, je suis sûr que tu vas adorer cette nouvelle expérience.

– Euh…

– Gerald, ne le force pas à aller patiner s'il n'y tient pas ! intervient ma mère.

Mon mari me jette un coup d'œil. Je lui réponds par un haussement d'épaules, parce qu'il n'y a que lui qui peut décider d'accepter ou pas. Finalement, après encore quelques secondes, il capitule. Je le regarde s'habiller chaudement, presque comme s'il s'apprêtait à partir pour une expédition arctique.

– Je peux vous accompagner ? demande Lily.

– Bien sûr, lui répond Ethan.

La voir quitter l'appartement à ses côtés gonfle mon cœur d'amour. Bientôt, c'est la main de notre enfant que mon mari prendra ainsi… Cette vision m'apparaît si nettement que j'en suis émue.

– Ah, les hormones, réagit Rosalie en captant mon regard brillant.

– Bon, et si on se mettait au travail ? je suggère pour changer de sujet. Je vais plancher sur la déco de la table. Rosie, tu veux bien aller me chercher mon carnet à croquis et mes crayons, s'il te plaît ?

– Mais avec plaisir ! Ça me fait vraiment plaisir de te revoir parmi nous, Zoe « Accro à Noël » Reynolds.

Je m'installe dans mon fauteuil à bascule dès que ma sœur revient avec mon matériel. Ensuite, ma mère se place naturellement derrière les fourneaux pour préparer des biscuits tandis que Rosie s'attaque au menu et à la liste de courses. En guise de bruit de fond, j'ai lancé un téléfilm de Noël. Le sapin enfin décoré scintille de mille feux, des coussins brodés sont disposés sur le canapé et je prends plaisir à redécouvrir le frottement de mon crayon sur le papier.

Je commence par griffonner ma table de cuisine, puis j'imagine peu à peu la vaisselle, les verres, les décorations à apporter. Je prends même le temps de dessiner les différents plats qu'évoque Rosalie. Une belle dinde délicieusement dorée prend place au centre de mon dessin, suivie de quelques accompagnements, de douceurs, beaucoup de chocolat… Et voilà une table noëlesque et appétissante.

Lorsque je relève la tête de mon carnet de croquis, ma mère en est déjà à sa troisième fournée de biscuits et Rosalie a placardé sa liste de courses sur le frigo.

– Zoe, ma chérie, est-ce que tu as pris ta décision à propos de la remise de prix d'Ethan ? me demande ma mère.

– Eh bien, même si mon terme est très proche, je me dis que je ne peux pas louper un événement pareil, je réponds. Peut-être que son travail ne sera plus jamais mis en lumière de la sorte, alors je me dois d'être présente.

– Bon choix, commente Rosie.

Je remarque que ma mère semble chercher ses mots avant de me poser sa question suivante :

– Comptes-tu reprendre le travail rapidement après ton accouchement ?

– Je n'ai pas encore pris de décision à ce sujet. Pourquoi ?

– Eh bien, ton père et moi, on se disait que si tu avais envie de retourner à l'agence mais que tu ne te sentais pas encore prête à choisir un mode de garde pour le bébé, nous pourrions rester ici quelque temps. Oh, évidemment, nous vous laisserions votre intimité, à Ethan et toi : nous pourrions nous installer à l'hôtel. Qu'en penses-tu ?

Je dévisage ma mère qui, tout sourire, attend une réponse de ma part. Cela me surprend, parce qu'elle n'est pourtant pas du genre à s'imposer. Mais au fond, je la comprends. Lorsque Lily est née, nous avons fait bloc autour de Rosie pour qu'elle ne se retrouve pas noyée sous ses nouvelles responsabilités de mère célibataire ; en me voyant si morose ces derniers jours, je sais que mon père et elle ont aussitôt réfléchi à toutes les manières dont elle pourrait m'aider à son tour pour que je me sente mieux.

Les Reynolds peuvent toujours compter les uns sur les autres, quoi qu'il arrive.

– C'est gentil, dis-je, mais ça va aller. Ethan et moi trouverons une solution ensemble. En revanche, vous pourrez venir voir le bébé autant que vous voudrez.

– Et vous passerez du temps à Snowflakes Garden aussi, n'est-ce pas ?

– Évidemment.

Ma mère se détourne pour se reconcentrer sur ses biscuits, pas assez vite cependant pour que je ne remarque pas ses yeux humides. Délaissant mon carnet de croquis, je m'approche d'elle et passe mes bras autour de sa taille.

– Ne répète jamais à Susan ce que je vais te dire, mais je crois que tu seras la grand-mère préférée de mon bébé, je lui glisse.

Son éclat de rire est la réaction que j'attendais.

– On va former un sacré gang de *girl power*, une fois que cette petite sera là ! fait Rosie en se joignant à notre étreinte.

– J'ai hâte de voir ta tête si c'est un garçon, je réplique.

– Aucune chance. Mon instinct de future tante qui déchire ne ment pas. D'ailleurs, ça me fait penser…

Ma sœur et ma mère se jettent un rapide coup d'œil avant que Rosie ne s'éloigne en direction de la chambre d'amis en trottinant. Interdite, je cherche une explication à ce qui est en train de se passer dans le regard de ma mère, dont les joues sont roses de joie. Après quelques minutes, Rosalie réapparaît chargée de deux larges cabas. Elle les dépose sur le sol de la cuisine puis elle attrape mon poignet et m'invite à prendre place sur une chaise.

– Qu'est-ce qui vous prend ? je lance.

– Tu nous avais spécifié que tu ne voulais pas de *baby shower*, n'est-ce pas ? commence Rosie.

– Hm hm…

– Bon, eh bien, on a décidé de respecter ton choix et d'organiser à la place…

– UNE *ZOE SHOWER* ! exulte ma mère.

Je cille, puis lâche :

– Une quoi ?

Ma sœur s'empare du premier sac, le pose sur la table, puis déclare :

– Lorsqu'un bébé naît, généralement, toute l'attention et les présents sont pour lui. Du coup, on s'est dit que ce serait pas mal, au vu de ces derniers mois un peu chaotiques, que tu puisses avoir ton moment rien qu'à toi.

– Et que tu sois couverte de cadeaux ! ajoute ma mère.

– Rassurez-moi, vous n'avez pas envoyé d'invitations ? Personne ne va débarquer ici, hein ?

– Mais non, ne t'en fais pas, affirme Rosie. On est juste toutes les trois. C'est moi qui ai demandé à papa de distraire Ethan pour qu'on puisse partager un moment entre filles. Je pensais que Lily voudrait rester avec nous, mais entre parler grossesse et faire du patin à glace, son choix était vite fait.

Je m'esclaffe. Il est vrai que j'avais décliné l'idée d'une *baby shower*, pas parce que je n'en avais pas envie, mais parce qu'elle aurait été impossible à caser dans mon emploi du temps. J'admets cependant que l'idée d'être chouchoutée me plaît plutôt bien.

Me voyant partante, Rosalie et ma mère s'empressent de me faire découvrir leurs trouvailles.

Pendant plus d'une heure, nous dégustons les délicieux cookies tout juste sortis du four, nous rions, et nous commentons chaque cadeau qui nous passe entre mes mains.

– Un après-midi bien-être dans un spa rien que pour toi, annonce Rosalie lorsque je consulte le dépliant de l'institut de beauté. Crois-moi, tu vas avoir besoin de te détendre.

– N'hésite pas à laisser le bébé à Ethan dès que tu sentiras le besoin de te reposer, ma chérie, renchérit ma mère.

– J'ai un mari extraordinaire, dis-je après avoir remercié ma sœur d'un baiser sur la joue. Je sais qu'il n'attendra pas de me voir épuisée pour prendre la relève.

Je continue mes découvertes. Des vêtements, des produits de beauté ainsi qu'une petite pochette bien mystérieuse…

– C'est le kit de secours de la jeune maman, m'informe ma mère.

– Ça aussi, tu en auras besoin, intervient Rosie. Il va même devenir ton meilleur ami puisqu'il est à la fois pour ton enfant et pour toi. Il contient des pansements, du gel apaisant, des granules homéopathiques, un attache-tétine – ces choses se perdent avec une facilité, tu n'as pas idée… –, de l'aspirine – ça, c'est pour toi –, une barre énergétique et en cas de grande détresse… une mignonette de vodka. À consommer, évidemment, lorsque tu te sentiras seule et désespérée et que tu te demanderas s'il ne serait pas préférable de changer d'identité et de recommencer ta vie à l'autre bout du monde.

Face à mes yeux écarquillés, ma mère m'assure :

– Ne t'inquiète pas, ce genre de passage à vide ne dure jamais très longtemps.

– Un an ou deux maximum, prétend Rosalie.

Me voyant terrifiée pour de bon, elle éclate de rire.

– Je te charrie. Mais garde quand même la vodka sur toi, juste au cas où.

Nous sommes encore en train de rire toutes les trois lorsque mon père, Lily et Ethan rentrent à l'appartement. Lorsque je les aperçois, mon regard s'écarquille. Ils sont tous les trois recouverts de neige, et il ne me faut qu'un coup d'œil en direction de mon mari pour comprendre que cette sortie à la patinoire ne s'est pas du tout déroulée comme prévu.

– Alors, c'était comment ? je lance.

– Super ! réagit Lily. J'ai patiné aussi vite qu'une biche, j'ai fait trois tours d'affilée sans m'arrêter, ensuite j'ai fait la course avec d'autres enfants, et puis grand-père est tombé sur Scrooge, ils ont tous les deux fait l'étoile de mer et c'est là que nous avons décidé de rentrer.

Ma nièce s'éloigne en direction du salon en bondissant presque de joie.

– OK… commente Rosalie. C'était un résumé intéressant. Au fait, depuis quand ça patine, une biche ?

– Je vais me doucher, lâche Ethan.

Mon père attend qu'il ait disparu avant de m'assurer :

– Il va bien, ne t'inquiète pas. Je suis sûr qu'il adore la glace désormais.

– Cette fois, c'est sûr, je ne remonterai plus jamais sur des patins !

Depuis que mon mari et moi nous sommes retrouvés dans l'intimité de notre chambre après notre dîner en famille, il a ouvert les vannes.

– Des quilles, Zoe ! Ton père et moi, on est tombés comme deux vieilles quilles déséquilibrées.

– Je ne suis pas certaine qu'il apprécierait de t'entendre utiliser l'adjectif « vieille ».

– Peu importe.

Ethan retire sa montre et se glisse dans notre lit. J'en profite pour me coller contre lui afin de réchauffer mes pieds glacés. Il inspire, grimace, mais ne proteste pas.

– Je suis sûr que je me suis déplacé une vertèbre, poursuit-il. Ou pire, que je me suis brisé le coccyx. Je classe définitivement la patinoire sur la liste des endroits à éviter à tout prix.

– Définitivement ? Et si c'est notre enfant qui te demande de l'y accompagner ? Imagine-toi un peu : il serait entre nous deux alors que nous glisserions main dans la main, cheveux aux vent…

– Et tout à coup ton père débarquerait, nous foncerait dessus et ferait un strike familial.

– Dans ce cas-là, nous tomberions ensemble.

Je me redresse, prends la main de mon mari puis récite solennellement :

– Je te promets d'être ta vieille quille déséquilibrée dans la santé comme dans la maladie, dans la richesse comme dans la pauvreté, jusqu'à ce que la mort nous sépare.

Incapable de rester sérieuse, je commence à rire. Ethan, lui, grommelle :

– J'étais sûr que tu trouverais ça drôle. Je te rappelle que dans deux jours, on va me remettre un prix… De quoi j'aurai l'air si j'arrive en boitant ?

– D'un journaliste reconnu… qui s'est fait percuter par son beau-père sur la glace.

Las, mon mari finit par sourire à son tour.

– Je vous aime, les Reynolds, mais parfois je me dis que vous êtes vraiment une famille de fous. Ne le prends pas mal, surtout.

– Aucun risque, je suis d'accord avec toi. Allez, mets-toi sur le ventre.

Même s'il ne sait pas ce que je compte faire, Ethan obéit. Je m'installe sur ses fesses et remonte son t-shirt pour faire apparaître sa peau dorée. Je commence à doucement appuyer mes mains sur ses reins, ce qui le fait gémir.

– J'en déduis que c'est ici que tu as mal ?

– Dans le mille.

Je réchauffe mes paumes en les frottant l'une contre l'autre, puis je commence mon massage en appuyant sur le bas du dos de mon mari, avant de remonter le long de sa colonne vertébrale. Il ferme les yeux et pousse un soupir appréciateur.

– Tu sais que tu devras m'en faire tous les jours, des massages, quand le bébé sera là ? je lui lance.

– Tous les jours ? répète-t-il. Et en quel honneur ?

– Laisse-moi reformuler : tu sais que tu devras m'en faire tous les jours, des massages, quand j'aurai donné naissance à ton enfant, qui grandit dans mon ventre depuis neuf mois et que je vais mettre au monde dans la douleur ?

– Vu comme ça… C'est vrai, ça me fera une sacrée dette.

Mes mains continuent leur voyage sur la peau d'Ethan, et je ne suis plus capable de dire lequel de nous deux apprécie le plus ce moment. Après quelque temps, je finis par déposer un baiser sur son dos avant de reprendre ma place dans notre lit. Il m'entoure de ses bras et me serre contre lui.

– Tu sais quelle fierté je vais ressentir dans deux jours en te voyant dans la salle lorsqu'ils appelleront mon nom pour me remettre mon prix ? me souffle-t-il. Je vais avoir l'impression d'être le roi du monde.

– Tu règnes déjà sur le mien, et c'est tout ce qui compte.

CHAPITRE 19

ETHAN

One More Sleep
Leona Lewis

J'ai attendu ce jour avec impatience. Et nous y voilà enfin : ce soir, mes pairs vont me remettre un prix pour récompenser mon travail. Je ne pourrais pas ressentir plus de fierté.

Devant l'hôtel Plaza, dans lequel va se dérouler la soirée, il y a foule. Je croise de nombreux collègues, ainsi que d'autres confrères de différents journaux. Les Reynolds m'accompagnent ; à mon bras se tient mon épouse, absolument somptueuse. J'ai bien vu qu'elle a eu du mal à me croire lorsque je l'ai complimentée quand je l'ai découverte dans sa longue robe noire. J'aime voir son ventre rond, parce qu'il abrite la nouvelle vie que nous allons bientôt accueillir au sein de notre foyer. Mais je comprends que Zoe puisse être fatiguée de sa grossesse et qu'elle souhaite s'en libérer.

– Ethan, te voilà !

Lynn se dirige vers moi, bras tendus. Je lui rends son accolade, puis je fais les présentations.

– Lynn, voici ma belle-famille. Tout le monde, je vous présente ma rédactrice en chef.

Les « enchanté » vont bon train. Nous nous dirigeons ensuite vers l'entrée de l'hôtel.

– Alors, pas trop nerveux ? me glisse Lynn. Tu as préparé un discours, j'espère.

– Pas besoin, je vais tout faire au feeling.

– C'est rassurant…

Ma supérieure me fait un clin d'œil avant de s'éclipser pour aller saluer des confrères. Pour ma part, je prends soin d'admirer la décoration du hall, en guettant du coin de l'œil la réaction de Zoe. Je sais qu'elle a été peinée de ne pas participer cette année aux interventions de son entreprise dans les hôtels de Manhattan, comme elle en a l'habitude depuis sept ans. Épuisée, elle n'est même pas venue voir en personne le rendu du travail de ses équipes, pas plus qu'elle ne s'est approchée du Rockefeller Center, d'ailleurs.

La tête levée, elle passe chaque détail en revue avec un œil professionnel. En même temps, il brille dans ses prunelles une lueur qui ne s'allume que lorsqu'on laisse l'enfant en nous s'émerveiller. Bien que Zoe ait fait de la magie de Noël son métier, elle parvient encore à se laisser emporter par elle, ce que je trouve épatant.

– Du champagne, monsieur ? me propose un serveur en me présentant un plateau sur lequel sont disposées des coupes.

J'en accepte une tandis que mon épouse demande un jus de fruits. Non loin de nous, Nicole et Gerald s'extasient devant la beauté des lieux, ce qui me fait sourire. Il faut dire que le Plaza est l'un des hôtels les plus luxueux de la ville, et pour Noël, le savoir-faire de Zoe l'a encore une fois sublimé.

– Tu as fait un magnifique travail, ma chérie, glisse ma belle-mère à sa fille.

– Merci, maman.

Un employé nous invite alors à nous diriger vers la salle de réception. Celle-ci est un véritable régal pour les yeux. Mais au moment où je m'apprête à pénétrer à l'intérieur, Zoe m'arrête.

– Pas si vite, monsieur French.

Je baisse la tête vers mon épouse, qui me fait signe au contraire de la lever. Je découvre une branche de gui suspendue à l'encadrement de la double porte et je souris, avant de prendre délicatement son visage entre mes mains et de l'embrasser.

– C'est vraiment ton truc, je murmure ensuite, en passant son bras sous le mien pour nous conduire jusqu'à notre table.

– Vouloir que tu m'embrasses ? réplique-t-elle. Effectivement, c'est mon truc.

– Je parlais de mettre des branches de gui partout.

– Que veux-tu, j'aime que les gens s'aiment. L'amour vaincra, tu sais.

– Je n'en ai aucun doute.

Une fois la table réservée pour ma belle-famille et moi trouvée, nous nous installons tous. Il faut quelques minutes pour que tous les convives prennent place, et lorsque je réalise à quel point la salle est bondée, le trac commence à monter en moi.

– Ça va ? me demande Zoe en se penchant vers moi.

– J'aurais peut-être dû préparer un discours, finalement.

Elle glousse et pose une main sur ma cuisse.

– Si tu sens que tu perds tes moyens, chante une petite chanson, mais pitié, ne fais pas de blague.

– Qu'est-ce qu'elles ont, mes blagues ? je lui renvoie, piqué au vif.

– Oh, Ethan…

– Elles ne sont pas drôles, déclare Rosalie à la place de mon épouse.

– Quoi ? je m'indigne.

– Je suis désolée, mais c'est vrai, insiste ma belle-sœur.

– Oui, Scrooge, moi non plus je ne te trouve pas drôle, renchérit Lily.

– Mais c'est un complot !

Toute la table éclate de rire. C'est alors que je devine :

– Oh, je vois, vous cherchiez à détourner mon attention pour apaiser mon trac.

– Non, non, nous étions sérieux, assène Rosie.

Toujours hilare, Zoe pose sa tête contre mon épaule et me rassure :

– Même si tu as un sens de l'humour très particulier, je t'aime quand même.

– J'espère bien, je grogne avant de m'emparer du menu.

Les plats qui vont nous être servis ont l'air alléchants, mais l'appréhension me coupe l'appétit.

– Dis, Scrooge, j'ai une question, intervient alors Lily.

– Je t'écoute.

– Le prix que tu vas recevoir ce soir… c'est un peu comme un Oscar, mais pour les journalistes ?

Je réfléchis un instant avant de répondre :

– Oui, si on veut.

– Ça veut dire qu'après ça, tu vas devenir célèbre ?

– Eh bien, pas vraiment. Tu vois, il n'y a aucune caméra ici. Les prix des journalistes ne sont pas aussi suivis par le grand public que les autres.

La petite fille plisse les yeux en hochant la tête.

– Je crois que j'aimerais faire ton métier quand je serai grande, décide-t-elle.

Sa réplique me prend de court, mais je me sens flatté.

– Vraiment ? s'étonne Rosalie. Tu ne préférerais pas reprendre ma pâtisserie ?

Lily hausse les épaules en prenant une gorgée de soda.

– Je ne pense pas que j'ai ton talent pour la cuisine, maman, ni celui de grand-père et grand-mère d'ailleurs. Et je ne crois pas non plus que j'ai la fibre artistique de tante Zoe. Mais la curiosité de Scrooge, ça, j'ai l'impression que oui.

La soirée débute, le repas aussi. Des serveurs défilent pour déposer devant nous des assiettes élégamment dressées et les mets que nous goûtons sont, de l'avis général, délicieux. Pourtant, plus le temps passe, plus mon ventre se noue d'excitation et d'impatience.

À ma droite, Zoe se lève soudain.

– Tout va bien ? je lui demande.

– Oui, ne t'inquiète pas, je vais juste aux toilettes.

Je prends sa main, y dépose un baiser, puis je la laisse partir. À peine quelques minutes plus tard, un homme se présente sur l'estrade dressée au fond de la pièce, micro en main. Les lumières se tamisent et un frisson parcourt l'assemblée.

– Chers collègues, confrères, amis… j'ai l'honneur de vous accueillir pour la douzième cérémonie de remise des prix par l'Académie du journalisme et des médias.

Des applaudissements s'élèvent.

– Ce soir, des récompenses vont être décernées dans sept catégories et je suis heureux d'ouvrir le bal avec un prix qui représente ô combien notre profession : celui de la liberté d'expression. De nombreux articles sont parus cette année pour dénoncer les dérives de…

Je quitte un instant la scène des yeux pour jeter un coup d'œil en direction des portes de la salle. Zoe n'est toujours pas revenue et je ne sais pas si je dois m'en inquiéter.

– Félicitations à la lauréate, Sofia Alvares !

Les applaudissements retentissent de nouveau. Une jeune femme se lève, traverse la salle et grimpe sur l'estrade, fébrile. Je me sens un peu rassuré quand je l'entends admettre qu'elle non plus n'a pas préparé de discours. Trois autres prix sont encore décernés dans la foulée… et toujours pas de trace de Zoe. Je suis tenté d'aller voir ce qui se passe, mais je redoute d'entendre mon prénom au moment où je me lèverai. Et d'ailleurs, à l'instant où je me penche pour demander à Rosalie d'aller s'assurer que mon épouse va bien, j'entends résonner dans le micro :

– Dans la catégorie « meilleur espoir », nous aimons récompenser les talents montants pour leur audace, leur sens du devoir, leur détermination à mener des enquêtes aussi pointues que rigoureuses.

Oh non, pas maintenant. Où es-tu, Zoe ?

– Tout le monde sait que le monde politique est une véritable jungle, mais il y a un homme qui n'a pas rechigné à s'y aventurer. Le prix du meilleur espoir est attribué à… Ethan French !

Le cœur lourd, je me lève sous les acclamations de mes collègues et de ma famille. Je monte sur l'estrade, m'empare du prix ainsi que du micro et me tourne vers la salle.

C'est alors que je vois Zoe, de retour à notre table. Elle est là, debout, et elle applaudit de toutes ses forces. L'angoisse qui me serrait la gorge s'envole aussitôt.

– Merci beaucoup, je commence. Je suis vraiment honoré que mon travail soit distingué ce soir. J'ai toujours mis un point d'honneur à faire éclater la vérité, et je continuerai à le faire quelles que soient les difficultés que je rencontrerai. J'aimerais remercier les personnes qui m'ont soutenu, particulièrement ma femme, qui a été à mes côtés lorsque j'ai écrit l'article qui me vaut un prix aujourd'hui, et qui l'est toujours quoi qu'il arrive.

Depuis sa place, Zoe m'envoie des baisers.

– Merci également à Lynn, qui a cru en moi et m'a donné ma chance. Merci à ma famille, qui m'accompagne ce soir.

– T'es le meilleur, Ethan !

Le cri de Rosalie déclenche des rires dans la salle, le mien y compris.

– Et enfin, merci à l'Académie pour cet honneur.

Je repose le micro et regagne ma place sous les applaudissements. Ma table m'accueille en véritable héros. Je me sens si choyé à cet instant que mon cœur se gonfle d'amour. J'enlace Zoe de toutes mes forces, puis je me rassieds sur ma chaise. Mais alors que je m'apprête à lui demander ce qui lui a pris autant de temps tout à l'heure, elle se penche et murmure d'une voix tremblante à mon oreille :

– Ethan… j'ai perdu les eaux.

CHAPITRE 20

ZOE

All I Want for Christmas Is You
Mariah Carey

22 h 36

J'ai beaucoup hésité sur la manière d'annoncer à mon mari, qui était sur le point de recevoir son prix, que c'était *le* moment. Pendant le repas, j'ai commencé à sentir mon ventre se contracter, puis les douleurs dans le bas de mon dos se sont intensifiées. Peu de temps après mon arrivée aux toilettes, je me suis rendu compte que j'étais en train de perdre les eaux… et là, en plus de la peur qui a explosé dans mon cœur, j'ai ressenti un fort sentiment de culpabilité. Parmi tous les instants pendant lesquels mon accouchement aurait pu se déclencher, il a fallu que ce soit celui-là précisément… Puis, après m'être reprise, j'ai compris que je n'avais aucun contrôle sur la situation et que c'était simplement mon corps – et mon bébé ! – qui étaient prêts pour la grande aventure.

Heureusement, je suis arrivée à temps pour assister à la remise du prix. J'ai laissé mon mari en profiter… jusqu'à ce que, son moment de gloire passé, je lui avoue que le travail avait commencé.

À présent, nous quittons le Plaza au pas de course. Ethan me porte dans ses bras, bien que je lui aie répété que je peux me déplacer seule. Derrière lui, ma famille nous suit, un peu inquiète mais surtout excitée.

– On vous rejoint à l'hôpital ! me lance Rosie. On va passer à l'appartement chercher tes affaires.

Je la remercie d'un geste de la main tandis qu'Ethan me dépose sur le siège passager de mon SUV.

– Ça va aller, Zoe, ça va aller, répète-t-il.

– Je sais, je tente de le rassurer.

Mais je vois à son visage qu'il nage en pleine panique. Heureusement, l'hôpital se trouve à une quinzaine de minutes seulement de l'endroit où nous nous trouvons actuellement.

On va avoir un bébé noëlesque !

Au moment où cette pensée se fraie un chemin jusqu'à mon cerveau, une contraction me traverse. Mon poing se crispe et je serre les dents de toutes mes forces jusqu'à ce qu'elle passe.

– Zoe ?

Comme je ne réponds pas et que je garde les yeux fermés, Ethan jure et accélère. Il slalome dans la circulation new-yorkaise à une telle vitesse que si nous croisons la police sur notre chemin, nous risquons d'avoir des problèmes.

– Doucement… dis-je enfin en libérant mon souffle.

– Désolé, ma Zoe, mais il faut qu'on arrive rapidement à l'hôpital.

– Sauf que si tu continues comme ça, on n'y arrivera peut-être pas du tout.

Se rendant compte qu'il risque de nous mettre en danger, Ethan relâche l'accélérateur. J'avoue cependant être soulagée moi aussi lorsqu'enfin, nous nous garons devant la clinique. J'y entre en tenant le bras de mon mari et nous sommes pris en charge dès que nous nous présentons à l'accueil. On nous conduit dans une salle, on me demande de me changer pour une blouse d'hôpital, puis un médecin vient m'ausculter.

– Le travail débute tout juste, m'informe-t-elle.

– Ce qui veut dire ?

– Qu'il va falloir vous armer de patience.

0 h 13

La douleur s'intensifie ; autant dire que, lorsque les contractions entrent dans la partie, c'est loin d'être agréable. Pour accélérer le travail, le médecin m'a conseillé de marcher, sauf que j'ai l'impression que plus je bouge, plus j'ai mal.

Ethan tente de se rendre utile, tout en étant parfaitement conscient qu'à cet instant il n'y a rien qu'il puisse faire. Ma sœur est venue m'apporter ma valise de maternité, puis elle est retournée chez nous avec le reste de ma famille pour y attendre de nos nouvelles.

Alors que j'essuie une nouvelle contraction, le médecin est de retour. Après auscultation, je lui demande quand je pourrai bénéficier de la péridurale.

– Ce n'est pas encore pour tout de suite, m'annonce-t-elle d'un air désolé.

Je rejette ma tête en arrière et lâche :

– Je ne pense pas que je vais survivre.

6 h 58

– Franchement, on survit !

C'est fou ce qu'un produit injecté entre deux vertèbres peut faire comme miracle… L'anesthésiant agit depuis une petite heure maintenant, et je dois dire que tout me paraît surmontable désormais.

– Ça me fait plaisir de te voir comme ça, commente Ethan, installé dans un fauteuil.

– Tu sais, je trouve ça injuste que ce soient les femmes qui doivent subir l'accouchement.

On devrait pouvoir s'échanger les rôles. Tu veux deux enfants ? Avec plaisir, tu en portes un et je porte le second…

– C'est sûr que ce serait bien plus équitable, réplique mon mari, amusé.

– Oui, mais l'équité, notre société, on sait ce qu'elle en pense !

Le médecin qui m'a prise en charge entre pour la troisième fois dans ma chambre. Lorsqu'elle me voit souriante, elle s'exclame :

– Ah, je vois que la péridurale a fait son effet !

– C'est une invention incroyable ! j'approuve.

L'auscultation est rapide.

– Vous avez fait la moitié du chemin, m'annonce-t-elle. Le cœur du bébé bat bien, tout est parfait.

Elle quitte de nouveau la pièce, et je me tourne vers Ethan.

– Tu devrais essayer de dormir un peu, je lui suggère.

– Et toi alors ?

– Je ne crois pas que j'y parviendrai.

– Moi non plus.

Il s'empare de la télécommande, allume la télévision, puis zappe de chaîne en chaîne… jusqu'à s'arrêter sur un film que je reconnais sans mal.

– Va pour *L'Étrange Noël de Scrooge* !

10 h 05

C'est le moment, je le sens.

Le médecin m'ausculte de nouveau ; mais cette fois, après son examen, elle s'empresse d'appeler une sage-femme et de me mettre en place.

– Votre bébé est prêt à arriver, je vois déjà la tête, m'annonce-t-elle.

Une vague d'adrénaline explose en moi.

Ça y est, je vais rencontrer mon enfant.

Ethan bondit sur ses pieds et se place instantanément à ma droite. Nos regards se croisent, brillant de mille et une émotions… puis je rassemble mes forces et je m'attelle à mettre notre bébé au monde.

Il me semble qu'une éternité s'écoule.

Il me semble que mon corps va puiser dans des ressources d'énergie dont j'ignorais jusqu'à l'existence.

Et il me semble que mon cœur va exploser.

Enfin, alors que je suis exténuée, j'entends soudain un pleur qui me galvanise. Un instant plus tard, les cris redoublent et je sens un petit corps chaud que l'on pose contre ma poitrine.

– Félicitations, c'est une fille !

À cette annonce, j'enlace mon enfant et je fonds en larmes.

CHAPITRE 21

ZOE

Silent Night
Kelly Clarkson ft. Trisha Yearwood
et Reba McEntire

Le calme est revenu dans la chambre. Ma petite fille est endormie contre moi et je ne peux m'empêcher de la dévorer des yeux.

Elle est si douce…

Elle serre déjà mon doigt dans son poing minuscule. Ses lèvres roses sont entrouvertes et je m'extasie de chaque détail de son délicat visage.

Je ne pourrais pas vivre un moment plus parfait. Mon mari est à nos côtés ; il caresse les cheveux de notre bébé, sa tempe posée contre la mienne. De l'autre côté de la fenêtre, les flocons de neige tombent abondamment, ce qui me comble de joie.

Je l'ai eu, mon bébé noëlesque.

– Elle est belle, murmure mon mari, pour la dixième fois en l'espace d'une minute.

– Oui, elle l'est, je réponds sur le même ton extatique.

Ethan dépose un baiser sur mon front, puis il déclare :

– Tu as été formidable, Zoe. Héroïque.

C'est fou comme, en repensant à mon accouchement, je ne peux m'empêcher de sourire. Je me souviens parfaitement de la douleur, mais pas de mon ressenti. Je sais qu'elle était là, mais à la seconde où j'ai posé les yeux sur ma fille, tout s'est envolé.

Elle valait la peine que je traverse tout cela.

Quelques coups discrets résonnent contre la porte, puis une petite tête blonde apparaît dans l'entrebâillement. Lily, accompagnée de sa mère, entre dans la chambre. Rosalie, les yeux remplis de larmes, s'approche du lit et pose son regard sur sa nièce.

– Bravo, me souffle-t-elle. C'est un vrai petit ange.

– Un ange sur lequel tu devras veiller, tante Rosie jolie.

Ma sœur m'envoie un baiser.

– Je t'avais dit que ce serait une fille ! ajoute-t-elle, toute heureuse.

J'ouvre mon bras libre pour attirer Lily contre moi.

– Coucou, petit bébé, clame-t-elle. Je suis ta cousine et je vais t'apprendre plein de choses.

Elle sort d'ailleurs de sa poche un paquet.

– Je lui ai acheté ça avec mes économies. Tu es d'accord pour que je lui offre ?

– Bien sûr.

Je regarde ma nièce déballer le cadeau et en sortir une étoile en peluche de couleur dorée.

– J'aime bien regarder les étoiles dans le ciel, explique-t-elle. Peut-être que quand elle sera plus grande on pourra les regarder ensemble.

Les hormones aidant, j'ai du mal à garder mon émotion pour moi.

– C'est un très joli cadeau, Lily, la remercie Ethan en déposant un baiser sur son front.

Plus tard, après le départ de Rosie et de ma nièce, c'est au tour de mes parents de venir nous féliciter. Mon cœur est comblé de joie de savoir que ma fille grandira entourée de gens qui l'aimeront follement.

Ensuite, Ethan et moi nous retrouvons à nouveau seuls… même si nous ne le sommes plus vraiment, désormais. Il prend notre fille dans ses bras et commence à la bercer en arpentant la chambre. Pour ma part, je fais tourner l'étoile de Lily entre mes doigts.

Et soudain… *je sais.*

– Elle sera notre étoile, j'annonce. Comme celle qu'on place au-dessus du sapin. Elle sera notre repère dans la nuit pour toujours. Elle sera notre Stella[1].

---

1. Prénom signifiant « étoile », en latin.

Ethan considère un instant le prénom, regarde le visage de notre fille, dépose un tendre baiser sur son front, puis souffle :

– Stella Reynolds-French… Bienvenue chez toi.

Zoe et Ethan Reynolds-French ont le plaisir de vous annoncer la naissance de leur fille

Le 20 décembre à 10h19

Nous sommes heureux d'entamer ce nouveau chapitre de notre vie à trois avec notre petite étoile.

CHAPITRE 22

ZOE

The Christmas Song
Nat King Cole

24 décembre

– *Home sweet home.*

Bien que mon séjour à l'hôpital n'ait pas été désagréable, être de retour chez soi, c'est un sentiment incroyablement réconfortant. Un véritable comité d'accueil nous attend : des ballons ont été accrochés un peu partout, dont certains en forme d'étoile, ce qui me touche particulièrement.

Installée dans son couffin, Stella ouvre de grands yeux en découvrant ce nouvel environnement et tous ces visages qui se penchent sur elle. Parmi eux, Susan. Elle avait promis qu'elle nous rejoindrait à New York dès que le bébé serait né, et elle a tenu parole. Il semblerait qu'elle va passer les fêtes avec nous, finalement…

Il me vient l'idée que nous allons être franchement à l'étroit, tous ensemble dans cet appartement, mais je décide que ça n'a aucune importance.

– Je sais que ce n'est pas encore Noël, mais j'aimerais te faire découvrir ton premier cadeau, me dit Ethan.

Je souris déjà en le voyant se diriger vers la chambre qui m'a été interdite pendant des semaines.

– Prête ? s'enquiert-il.

– Ne me fais pas plus attendre !

Il ouvre la porte et m'invite à entrer dans la pièce. Notre famille nous laisse notre intimité tandis que le battant se referme derrière nous.

Je suis conquise au premier coup d'œil par ce que je découvre. Mes pieds rencontrent un tapis d'une douceur incroyable, un énorme fauteuil à bascule semble me tendre les bras depuis le coin de la chambre. La bibliothèque remplie de livres accrochée au mur est si jolie, tout comme le gros coffre en bois duquel débordent des dizaines de peluches…

– Regarde, s'exclame Ethan en ouvrant l'armoire.

Il y a bien plus de vêtements que ceux que j'avais mis au départ. Fier de lui, mon mari me montre les habits ornés de motifs noëlesques qu'il a dégotés. Je m'esclaffe, mais soudain, mon attention est attirée par quelque chose d'autre. Au-dessus du lit est inscrite une phrase du *Petit Prince*. Et même si je la trouve parfaitement choisie, ce sont les étoiles dessinées juste au-dessus qui me bouleversent le plus.

– Je les avais déjà peintes bien avant de savoir qu'elle allait s'appeler Stella, me murmure Ethan.

– Je ne sais pas quoi dire, tout est si parfait…

– Il te reste une petite chose à découvrir.

Ethan s'empare de notre fille, puis il la dépose délicatement dans son lit. Il se concentre ensuite sur un mobile que je n'avais encore jamais vu et appuie sur un bouton. L'objet se met à tourner lentement en jouant une berceuse.

– Ce sont des rennes ? je devine en m'approchant.

– Il y a en a neuf, me confirme mon mari. Comme…

– Ceux qui tirent le traîneau du père Noël, je termine à sa place.

Mon regard fixé sur Stella, qui est obnubilée par le mouvement circulaire du mobile, je souffle :

– Regarde, mon ange, je te présente Tornade, Danseur, Furie, Fringant, Comète, Cupidon, Tonnerre, Éclair et Rudolph.

– Pourquoi est-ce que je ne suis pas surpris que tu connaisses leurs noms par cœur ? s'amuse Ethan. Je vais finir par croire que tu as été une mère Noël dans une autre vie.

– Qui sait ? je réplique en haussant malicieusement les sourcils.

– Allez, Lily, il est l'heure d'aller se coucher.

– Oh non, s'il vous plaît ! proteste ma nièce. Laissez-moi profiter de la soirée encore un peu.

– Il est temps, insiste ma sœur. Le père Noël va bientôt passer.

– Maman, franchement…

– Oui, oui, je sais que tu n'y crois plus, mais ça n'empêche qu'il est hors de question que tu restes éveillée pour voir ce qui se passe le soir du réveillon. Va dormir, jeune fille.

Bougonnant, ma nièce salue tout le monde, puis elle traîne des pieds jusqu'à la chambre d'amis qu'elle partage avec ma sœur. Dès qu'elle a refermé la porte derrière elle, ma mère, Rosie et Susan foncent dans notre chambre, à Ethan et moi : c'est là que tous les présents ont été cachés. Elles reviennent, les bras chargés, puis elles commencent à tout installer.

Quant à moi, je suis assise sur le fauteuil à bascule du salon, Stella endormie dans mes bras. Je sais qu'il est important pour son développement qu'elle s'habitue un maximum à son lit, mais elle n'a que quatre jours et elle est encore si petite dans mes bras… Je n'arrive tout simplement pas à rester éloignée d'elle.

Très vite, c'est un monticule de cadeaux qui prend place sous le sapin, et je me rends compte qu'il y en a des tas entiers pour ma fille.

Comme Lily, je crains qu'elle ne soit bien trop gâtée par le reste de la famille.

– Alors, mesdames, comment nous sentons-nous ? demande Ethan en venant s'accroupir devant moi.

– Parfaitement bien, je réponds. Tout est sous contrôle.

Il caresse doucement les fins cheveux bruns de notre fille puis, un sourire mutin aux lèvres, il propose :

– Je sais que ce n'est pas équitable, mais est-ce que tu seras prête à revivre l'aventure pour donner un frère ou une sœur à Stella ?

Je plisse les yeux.

– Ethan, Dieu sait à quel point je t'aime, mais j'ai accouché il y a quatre jours, alors si tu me reparles encore une fois du « petit deuxième » avant au moins deux ans, je te quitte.

Ma menace le fait rire, ce qui n'était pas du tout le but recherché.

– Compris, abdique-t-il pourtant en levant les mains. On aura un second bébé noëlesque dans deux ans.

– Ce n'est pas ce que j'ai dit… Ethan, reviens ici ! je m'écrie alors qu'il s'éloigne en se bouchant les oreilles.

Voyant qu'il ignore mes protestations, je me penche sur ma fille, qui a maintenant les yeux grands ouverts et qui me détaille avec attention.

– Toi et moi, on va devoir faire front contre ton père, je lui murmure. Il sera seul contre nous deux et je vais t'apprendre l'importance du *girl power*. Tu es d'accord ?

Seul un gargouillis provenant de son estomac me répond, mais qu'à cela ne tienne.

– Je prends ça pour un oui !

CHAPITRE 23

ZOE

Holy Jolly Christmas
Michael Bublé

– JOYEUX NOËL TOUT LE MONDE !

Lily jolie, au comble de l'excitation, débarque dans la pièce de vie les cheveux en bataille, vêtue de son pyjama en pilou. Elle découvre le monticule de cadeaux sous le sapin, et immédiatement, elle a à nouveau six ans. Malgré tout, et c'est assez adorable pour le noter, elle prend le temps de distribuer les paquets à tout le monde avant d'ouvrir les siens.

– Stella a été gâtée, fait-elle en m'apportant un énième présent.

– Toi aussi, je lui réponds.

Très vite, les papiers cadeau jonchent le sol. Chacun découvre avec plaisir les petites attentions que les autres ont eues pour eux. Quand vient mon tour, je reste ébahie par ce que mon mari m'a offert.

– Est-ce que c'est… Non ! Un collector, en plus ?

– Exactement. Alors ? Est-ce que ton mari est assez noëlesque pour toi ?

– Évidemment que tu l'es.

Je l'attire à moi, puis je l'embrasse.

– Hé oh, tous les deux, vous ne pouvez pas faire ça devant un bébé innocent ! nous rappelle à l'ordre Lily.

Une fois tous les présents déballés, la famille se retrouve autour d'un petit déjeuner royal. Rosalie, ma mère et Susan ont déployé leurs talents à leur plein potentiel. Sur la table, il y a de tout : des pancakes, des crêpes, six sortes de fruits, des boissons chaudes, des jus frais, des viennoiseries, du bacon, des œufs brouillés… Bref, assez de nourriture pour un régiment.

Mais quelque chose me dit que personne ne se fera prier pour dévorer toutes ces victuailles.

Pendant que tout le monde déguste les mets délicieux, je prends le temps de regarder chaque visage, d'apprécier chaque rire.

Généralement, je ressens une certaine mélancolie le ving-cinq décembre. Parce que je ne peux m'empêcher de penser que ce moment que j'ai attendu avec impatience toute l'année est déjà terminé et qu'il faudra désormais attendre douze longs mois avant de le revivre.

Mais cette fois, c'est différent. Au lieu d'une fin, je ressens l'énergie d'un commencement, et je sais sans aucun doute que c'est grâce au petit être qui repose tranquillement dans les bras de son père.

Nous sommes le vingt-huit décembre. Noël est bel et bien derrière nous, et déjà, le monde se prépare à fêter la nouvelle année.

Tout le monde est reparti. Lily, Rosie et mes parents sont rentrés à Snowflakes Garden, et Susan est retournée à San Francisco. Ethan et moi avons donc officiellement entamé notre nouvelle vie de jeunes parents.

Pour ma part, je suis encore dans ma bulle post-natale. Et aujourd'hui, Stella et moi nous apprêtons à partir pour notre première balade toutes les deux. Confortablement installée dans sa poussette, ma fille est emmitouflée dans une combinaison polaire qui lui donne l'air d'un ourson, la rendant encore plus craquante que d'ordinaire. Ensemble, nous bravons le froid hivernal. J'ai une petite idée en tête : j'ai envie de montrer à mon bébé le monde dans lequel sa mère évolue, j'ai envie qu'elle se familiarise avec mon environnement favori.

C'est donc naturellement que je l'emmène visiter mes bureaux. À cette période, ils sont vides, forcément : les congés de mes équipes débutent. C'est parfait : ainsi, nous pourrons avoir un peu de calme.

Arrivée à mon étage, je prends Stella dans mes bras, puis je marche lentement avec elle, lui faisant découvrir le QG des Lutins du père Noël.

– Est-ce que tu voudras faire partie de l'équipe quand tu seras plus grande ? je lui demande.

J'aime tellement la manière dont elle me fixe dès qu'elle entend ma voix…

Notre visite des lieux ne serait pas complète sans un passage par mon atelier. Nous descendons les marches qui mènent au sous-sol et je prends le temps de lui expliquer chaque chose qu'elle voit. Surtout, je lui *montre.* Une fois dans la réserve, je m'attarde sur les couleurs, les textures… J'ai l'impression qu'elle apprécie.

– Tu deviendras qui tu veux être, je lui affirme. Tu feras ce que tu aimes. Mais si un jour tu en as envie, alors tout ça sera à toi, et bien plus encore je l'espère.

Elle et moi passons un long moment à admirer les trésors qu'abrite ce sous-sol. Puis, enfin, nous repartons.

Sur le chemin du retour, mes pieds me mènent d'eux-mêmes sur la Cinquième Avenue, sur l'esplanade du Rockefeller Center, devant le sapin que mon entreprise a décoré. Je le regarde, ce mastodonte, pour la première fois depuis plus d'un mois. Je fais abstraction du couac des boules cassées pour évaluer le rendu tel qu'il est. En réalité, si je ne savais pas ce qui s'est passé, je ne remarquerais même pas que certaines décorations ont été ajoutées en remplacement de dernière minute. Le dégradé de bleu est sublime, les ornements s'harmonisent sans perdre de leur originalité… Nul doute que les yeux des New-Yorkais ont brillé lors de l'illumination.

Je lève la tête jusqu'à la cime de l'arbre, au-dessus de laquelle a été déposée une étoile gigantesque. Je l'admire… et je valide enfin ce sapin pour lequel j'ai fait tant de sacrifices.

Il est parfait !

CHAPITRE 24

ZOE

Fly Me to the Moon
Frank Sinatra

Décembre, un an plus tard

– Très bien, tout le monde, on se regroupe !

Dans la nouvelle salle de réunion fraîchement aménagée, des dizaines de paires d'yeux me dévisagent.

– Je tiens juste à m'assurer que le planning est clair pour tout le monde avant le coup d'envoi de la saison.

Je liste un à un les vingt-huit hôtels dans lesquels mon entreprise va intervenir cette année, en rappelant quelle équipe est affectée à chacun d'entre eux… et pour la première fois, je ne fais partie d'aucune d'elles.

– Aujourd'hui, j'ai l'état des lieux d'un chantier, je poursuis, puis l'équipe créative et moi nous replongerons dans le nouveau projet qui nous a été confié.

Des murmures d'excitation parcourent l'assemblée.

– Je sais, je sais… Croyez bien que je suis aussi impatiente que vous de travailler enfin dessus, mais pour l'instant, il y a encore beaucoup de préparation à terminer. Ces deux prochaines années vont être passionnantes, stressantes et surprenantes, j'en suis sûre.

En effet, « Les Lutins du père Noël » se sont vu offrir une nouvelle opportunité de briller. À la fin du mois de janvier, j'ai peu à peu retrouvé l'envie de reprendre le travail. Avec l'arrivée de Stella, certaines de mes peurs se sont éteintes, d'autres ont émergé, mais j'ai surtout compris que je devais continuer à faire ce que j'aime ; que j'en avais besoin, même. Alors j'ai accepté de déjeuner en compagnie du maire de New York, et celui-ci m'a parlé du projet de construction d'un nouveau centre commercial. Sa livraison est prévue dans deux ans et il ouvrira ses portes pile pour la période de Noël. Notre mission, puisque je l'ai déjà acceptée : créer des illuminations inédites qui feront rêver les grands comme les petits. C'est un défi sans précédent pour mon entreprise… et cela me ravit. Si je ne veux pas risquer de me lasser un jour de mon métier – ce qui a tout de même peu de chances d'arriver, soyons honnête –, j'ai besoin de ce type de projet qui nous mettra au défi, mes équipes et moi. Depuis des semaines déjà, nous enchaînons les croquis, à la recherche d'idées qui marqueront les esprits.

– J'ai aussi une bonne nouvelle en ce qui concerne la filiale des Lutins du Père Noël… Elle pourra officiellement ouvrir ses portes à la saison prochaine. Très bientôt, nous verrons les premiers mariages orchestrés par nos soins être célébrés.

Les applaudissements de mon équipe me ravissent.

Mon rêve d'être à la tête d'une multinationale de Noël se concrétise de plus en plus. Organiser mon mariage pendant la période des fêtes a été féérique et j'ai su, avant même de dire oui à Ethan, que c'était la direction que je voulais faire prendre à mon entreprise. Seulement, on ne s'improvise pas *wedding planner*, alors j'ai pris le temps de peser le pour et le contre. Me jeter corps et âme dans le développement de cette filiale m'aurait certainement fait perdre l'équilibre entre vie personnelle et vie professionnelle que j'ai eu tant de mal à trouver. Évidemment, je suivrai le projet avec attention, mais j'ai décidé de confier sa direction à Louis, qui s'est avéré plus qu'emballé. Deux nouvelles employées ont déjà été recrutées pour l'assister.

J'ai hâte de voir les rêves de nos futurs clients devenir réalité.

Je donne encore de dernières instructions, puis tout le monde quitte la salle de réunion. Je pivote alors et lâche :

– Nous ne sommes plus que toutes les deux, maintenant.

Je m'installe sur le sol face à Stella qui, assise en train de mâchouiller l'un des nombreux hochets que sa tante Rosie lui a achetés, me dévisage.

– Alors ? Comment j'étais ?

Pour toute réponse, ma fille se contente de mordiller l'objet qu'elle tient en main.

Stella et moi sommes très rarement séparées. L'une de mes plus grandes peurs, avant l'accouchement, était de louper des étapes de la vie de mon bébé, de ne pas être assez présente pour profiter d'elle… mais j'ai finalement réussi à aménager mon emploi du temps. J'ai accepté de déléguer, j'ai compris que je n'étais pas surhumaine et que je ne pourrai jamais être à trois endroits en même temps. Depuis, je me concentre sur un projet à la fois. Ici, on privilégiera toujours la qualité à la quantité.

– Bon, je crois qu'il est temps pour toi d'aller passer le reste de la journée avec ton second parent préféré… Ne répète pas à ton père ce que je viens de dire ! j'ajoute en la soulevant dans mes bras.

Je traverse un long couloir qui mène à mon bureau. Une fois à l'intérieur, je rattroupe les affaires de ma fille, que je range dans son sac, puis je quitte mon agence. Lorsque nous arrivons toutes les deux en bas de l'immeuble, Ethan nous attend déjà, tout sourire. Il s'empare de notre enfant, l'embrasse, puis il passe un bras autour de mes épaules pour déposer un doux baiser sur mes lèvres.

– Salut, Scrooge, je murmure.

J'ai bon espoir que ce soit le premier mot que notre fille prononcera : ce serait incroyable.

– Alors ? je reprends. Qu'est-ce que vous allez faire cet après-midi ?

– Oh, je me disais que ce serait sympa de lui montrer les illuminations qui commencent à être installées en ville. Ensuite, on ira se mettre au chaud pour prendre le goûter, et sur le chemin du retour on ira repérer les sapins, puisqu'il va bientôt falloir en choisir un pour chez nous.

Je plisse les lèvres pour masquer mon sourire.

– Quoi ? fait Ethan.

– Rien du tout, je réponds. Je te trouve juste très mignon quand tu cites des activités noëlesques.

Stella approuve en tapant dans ses mains, ce qui nous fait rire. Après un autre baiser échangé avec mon mari puis des dizaines supplémentaires sur les joues rebondies de ma fille, ils quittent tous les deux les abords de l'immeuble. Je les regarde s'éloigner jusqu'à ce qu'ils disparaissent de ma vue.

Ils avaient tort. Je peux tout avoir : une carrière qui me passionne *et* une vie de famille. Il suffit juste de trouver le bon équilibre.

– Zoe !

Je me retourne et vois Julia trottiner dans ma direction.

– Je viens faire l'état des lieux avec toi, m'annonce-t-elle.

– Pour quelle raison ? je demande en haussant un sourcil.

– Parce que… c’est toujours bien d’être deux pour vérifier que tout est en ordre.

Loin d’être dupe, je croise les bras.

– Ce ne serait pas plutôt pour avoir le plaisir d’enfin rencontrer notre cliente en chair et en os ? j’avance.

– Hm… non.

– Mais bien sûr. Alors écoute, j’accepte que tu viennes ; en revanche, il faut que tu me promettes que tu sauras te tenir. C’est une célébrité, d’accord, mais elle reste un être humain. Tâche d’avoir des réactions normales en sa présence.

– Tu peux compter sur moi !

– Respire, Julia.

– J’essaye, fait ma décoratrice en prenant de profondes inspirations.

Je m’esclaffe en me garant en bas d’un immeuble des beaux quartiers. L’état d’impatience de mon amie augmente encore d’un cran lorsque je coupe le moteur de mon SUV.

Il faut dire que, même si je parais sereine de l’extérieur, je suis moi-même très excitée par ce rendez-vous spécial.

Il y a deux mois, j’ai reçu un appel de la part de l’agent d’une célébrité qui, jusqu’à notre entretien dans mes locaux, a tenu à garder son identité secrète. Elle souhaitait nous embaucher pour transformer son appartement en vue d'un dîner et d'une soirée de fiançailles. Le jour du rendez-vous, quelle ne fut pas ma surprise en découvrant Eve DeLuca, la top model à la renommée internationale, accompagnée de son garde du corps… Après des semaines de brainstorming, nous nous sommes mises d'accord elle et moi sur le style à donner à la décoration de son penthouse, et c'est aujourd'hui que le projet est livré. Julia et moi venons pour nous assurer que tout est parfaitement en place.

Depuis un an, je veille à ne pas surcharger mon planning. Un projet comme celui-là a été difficile à refuser. Mais même si travailler dans l'appartement somptueux d'Eve m'aurait beaucoup plu, je ne regrette pas d'avoir laissé le lead à Simon.

Je pénètre dans le hall de l'immeuble et me dirige vers le réceptionniste pour m'annoncer.

– Bonjour, je suis Zoe Reynolds. Je dois me rendre chez madame DeLuca.

– Vous attend-elle ?

– Bien sûr.

Il me toise, prend son téléphone et passe un coup de fil de quelques secondes seulement.

– Patientez ici, quelqu'un va venir vous chercher.

– Très bien.

Je me recule un peu du comptoir, parce que ce réceptionniste a quelque chose de franchement hostile dans le regard. Après deux minutes, un ascenseur s'ouvre et Cruz, le garde du corps et petit ami d'Eve – je l'ai compris à force de rendez-vous avec eux –, s'approche en souriant.

– Zoe, je suis content de vous revoir, dit-il en me serrant chaleureusement la main.

Il salue Julia, qui reste ébahie devant son charisme, puis il se tourne ensuite vers le réceptionniste.

– Barry, tu as accueilli notre invitée comme il se doit, j'espère ?

– Oh, euh, oui, évidemment…

Cruz le dévisage sans se départir de son sourire, puis il donne sur l'épaule de l'homme une tape amicale qui l'envoie presque valser contre le mur.

– Tant mieux. Vous me suivez ? ajoute-t-il en se tournant vers moi.

Je lui emboîte le pas en me retenant de rire. Je ne sais pas ce qui lie les deux hommes, mais une chose est sûre, face à Cruz, Barry semblait dans ses petits souliers.

Au dernier étage, les portes de l'ascenseur s'ouvrent sur un penthouse magnifique qui me laisse sans voix. Pour préparer l'intervention de mon équipe, j'ai dû demander des prises de vue des pièces à Eve. Alors oui, techniquement, j'avais déjà une idée de ce que j'allais découvrir… mais voir l'appartement en vrai, c'est tout autre chose. Et je crois que ce qui donne encore plus un effet « waouh » à cet endroit, c'est l'ambiance noëlesque. Des grappes de boules dorées de différentes tailles ont été installées au plafond ; de chaque côté du couloir, des présents ont été disposés, comme une allée de cadeaux qui mène jusqu'à la pièce de vie. La table est évidemment dressée et elle en impose : la nappe vert émeraude en velours est si longue qu'elle termine sa course par terre en un drapé élégant. Un grand sapin trouve sa place devant l'une des baies vitrées, le manteau de la fausse cheminée a lui aussi été décoré, et pour couronner le tout, d'épaisses guirlandes de branchages agrémentées de boules et de LED ont été installées sur les moulures. Chaque petit détail a sa place ici : les coussins noëlesques disposés sur le canapé, les bougies, la vaisselle qui garnit la table… Bref, tout s'accorde à la perfection.

– Eve sera bientôt là, m'informe Cruz. Je suis certain qu'elle va être épatée par le travail de votre équipe.

Au même instant, le ding de l'ascenseur retentit. La top model entre dans son appartement dans une tenue de sport. Même ainsi, elle est à couper le souffle.

Dès qu'elle pénètre dans la pièce de vie, je vois sur son visage que ce qu'elle découvre lui plaît.

– Oh bon sang, c'est magnifique ! s'exclame-t-elle.

– C'est exactement ce que j'étais en train de dire à Zoe, l'appuie son garde du corps.

– J'en suis heureuse, dis-je. Bon, eh bien, si tout est conforme, nous allons vous laisser profiter de vos proches.

– Merci beaucoup, répond Cruz. Ce sont les premières fiançailles dans notre famille, alors nous devions marquer le coup.

– Adressez toutes mes félicitations au jeune couple, dans ce cas.

Au moment où je prononce ces mots, le ding de l'ascenseur retentit de nouveau et un brouhaha de voix résonne depuis le couloir.

– Oh, comme c'est beau !

– Est-ce qu'il y a quelque chose dans les cadeaux ?

– C'est féerique.

– Splendide.

– Wouaf !

Sous mes yeux ébahis, un groupe de six personnes – et un chien – nous rejoint au salon. Et si je suis si surprise, c'est parce que les trois hommes qui s'approchent d'Eve et Cruz pour les saluer sont tout bonnement impressionnants. Surtout le premier. Je n'avais encore jamais vu quelqu'un d'aussi massif en vrai.

– Tu savais que des spécimens masculins de ce genre existaient, toi ? me glisse Julia.

– Je croyais qu'ils étaient comme les licornes : juste une légende.

– Nom d'un petit bonhomme en pain d'épices. Le géant avec le bun sur la tête, je crois que je le…

Je mets un coup de coude discret dans les côtes de ma décoratrice quand ledit géant s'approche de nous.

– Bonjour, je suis Lennon, le frère de Cruz, se présente-t-il. Il vient de me dire que vous êtes à l'origine de ce décor, alors je tenais à vous dire un grand bravo.

– De rien. Vous aussi, vous êtes… Enfin, je veux dire, merci.

Après lui, c'est Eve qui vient nous féliciter. Enfin, nous sentant logiquement de trop dans leurs retrouvailles, Julia et moi quittons les lieux, non sans avoir jeté un dernier coup d'œil derrière nous. Dans l'ascenseur, nous restons silencieuses, jusqu'à ce que mon amie lâche :

– Toi aussi, tu as eu envie de quitter ton mari en les voyant ?

Sa réflexion nous fait pouffer, et c'est hilares que nous passons devant Barry, qui a retrouvé son air morose.

Sur ce, ma décoratrice et moi repartons en quête d'une nouvelle mission pour les « Lutins du père Noël ».

ÉPILOGUE

Merry Christmas
Ed Sheeran & Elton John

Ma chère Stella,

En ce moment même, tu es installée dans ton lit, endormie, et cela fait de longues minutes que je t'observe.

Tu es si belle que je ne crois pas que je serai un jour capable de cesser de te regarder.

Si je t'écris cette lettre, c'est parce que fut un temps, ce procédé m'a aidée à appréhender l'avenir. Si tu me ressembles un tant soit peu, alors tu auras besoin de conseils tout au long de ta vie. En voici déjà quelques-uns.

Je crois qu'il est important que tu saches que tu n'es pas née dans une famille lambda. Tu es une Reynolds-French. Tu es le fruit de l'amour entre un Scrooge et une accro à Noël. Tu le comprendras rapidement en grandissant, ton père et moi avons des divergences d'opinions... surtout en ce qui concerne les fêtes de fin d'année. Je sais que ce que je m'apprête à faire n'est pas juste envers lui, mais j'aimerais te demander une chose : prends mon parti.

Quand il se mettra à râler parce que je sors les décorations à la fin de l'été.

Quand j'insisterai pour les laisser jusqu'au début du printemps.

Quand je chanterai à tue-tête pendant nos voyages en voiture.

Et s'il te plaît, aime Noël autant que moi. J'espère que ce sont mes gènes qui sont en toi et qui ont gagné la bataille sur ceux, scroogesques, de ton père.

Cela étant dit… j'ai des choses un peu plus importantes à te confier.

Premièrement : je t'aime. Et je t'aimerai toujours d'un amour inconditionnel.

Ensuite, je ferai tout ce qui est en mon pouvoir pour te protéger et t'empêcher de souffrir, mais tu dois savoir que la vie est imprévisible et qu'elle met parfois sur notre chemin des épreuves douloureuses. Sache que tu trouveras toujours une oreille attentive auprès de moi, de ton père, de ta tante Rosie, de ta cousine Lily ou de tes grands-parents si tu as besoin de trouver un peu d'aide.

Enfin, et je crois que c'est le plus important : la perfection existe.

La perfection est dans tous les moments que nous partageons, ton père, toi et moi. Elle est dans tes rires, dans ta main qui serre mon doigt, et elle sera dans toutes les premières fois que nous vivrons avec toi.

La perfection, elle est dans les instants partagés avec toute notre famille, elle est dans chaque kilomètre carré de Snowflakes Garden, dans la neige qui tombe silencieusement sur le bout de ton petit nez alors que tu regardes le ciel, émerveillée.

La perfection, on la trouve si on le veut vraiment.

Parce que la perfection est dans la vie.

Et je n'en avais pas conscience avant toi.

Alors merci, ma Stella, pour tout ce que tu m'as déjà appris, pour nous avoir choisis pour parents et pour être devenue ma perfection incarnée.

Je t'aime, mon étoile.

Ta maman

FIN

DES RECETTES FACILES,
RAPIDES ET NOËLESQUEMENT
GOURMANDES ?
C'EST PAR ICI !

Cocktail de Noël

Vous l'avez découvert au fil de votre lecture, l'une des passions du père de Zoe et de préparer des cocktails souvent expérimentaux mais toujours marquants. J'ai donc décidé de vous faire découvrir une boisson noëlesque qui sera bien plus douce que celles réalisées par Gerald.

Ingrédients pour 2 cocktails :

- 60 ml de Vodka
- 30 ml de triple sec
- Des cranberries
- Du jus de cranberries
- Un citron vert
- Du sucre

Préparation :

Munissez-vous d'un bac à glaçons. Déposez des cranberries dans quelques compartiments, puis remplissez-les d'eau et laissez les glaçons se solidifier au congélateur. Prévoyez idéalement d'effectuer cette étape la veille de la préparation.

Prenez un verre à cocktail, découpez un quartier de citron vert et frottez-en sur le rebord du verre avant de le tremper dans du sucre que vous aurez préalablement disposé dans une assiette.

Dans un shaker, versez la vodka, le triple sec, pressez un quartier de citron vert, puis ajoutez du jus de cranberries à hauteur. Remuez bien.

Dans votre verre, déposez des glaçons aux cranberries puis versez le mélange présent dans votre shaker. Enfin, disposez quelques cranberries supplémentaires.

Variante sans alcool : remplacez la vodka et le triple sec par de l'eau pétillante ou de la limonade.

À la vôtre !

Sablés fourrés au Nutella

Cette recette est celle que je réalise le plus en période de Noël… et en quantités astronomiques qui plus est, parce que mes biscuits sont dévorés par ma famille durant tout le mois de décembre.

Ingrédients pour environ 40 sablés :

– 400 g de farine
– 200 g de beurre pommade
– 140 g de sucre
– 2 œufs
– 1 sachet de sucre vanillé
– Une cuillère à café de levure chimique
– 1 pincée de sel
– Du Nutella ou une autre pâte à tartiner de votre choix
– Du sucre glace

Préparation :

Préchauffez votre four à 170 °C.

Dans la cuve de votre robot (ou dans un saladier à l'aide d'un batteur électrique), versez le beurre et le sucre et mélangez jusqu'à obtenir un appareil crémeux. Ajoutez le sucre vanillé ainsi que l'œuf puis mélangez à nouveau jusqu'à totale incorporation.

Ajoutez ensuite la farine, la levure et la pincée de sel puis mélangez jusqu'à obtenir une pâte homogène qui se détache des parois de votre cuve. Ramassez-la avec vos mains, formez une boule puis filmez-la et placez-la au frigo pendant quarante minutes.

Étalez votre pâte sur un plan de travail fariné puis détaillez les sablés à l'aide d'un emporte-pièce de votre choix (les formes noëlesques sont très vivement recommandées). Enfournez-les pendant une dizaine de minutes. Le temps de cuisson est à ajuster en fonction de la puissance de votre four, il faut donc rester vigilant.

Les sablés sont prêts lorsqu'ils sont légèrement colorés.

Réitérez l'opération jusqu'à épuisement de la pâte.

Une fois les sablés refroidis, garnissez un premier biscuit de Nutella puis recouvrez-le d'un second. Enfin, saupoudrez d'un peu de sucre glace.

Vos sablés se conserveront environ une semaine s'ils se trouvent dans une boîte hermétique, à température ambiante et dans un endroit sec.

Bonne dégustation !

Roulés à la cannelle ou « cinnamon rolls »

Ils sont là… enfin ! Il était évident que la recette préférée d'Ethan, que Nicole se fait un plaisir de lui préparer, allait trouver sa place dans cette trilogie. Le meilleur pour la fin, n'est-ce pas ?

C'est une recette qui demande de la patience, mais la récompense en vaut la peine.

Ingrédients pour environ 10 à 12 roulés :

Pour la pâte à brioche :

– 400 g de farine
– 60 g de sucre
– 100 g de beurre fondu

- 25 cl de lait tiède
- 1 œuf
- 4 g de levure de boulanger sèche
- 1 pincée de sel

Pour la garniture :
- 150 g de beurre pommade
- 100 g de sucre cassonnade
- 2 cuillères à soupe de cannelle moulu

Pour le glaçage :
- 100 g de sucre glace
- 30 ml de lait

La recette américaine veut qu'on utilise du fromage frais type Philadelphia pour réaliser le glaçage, mais j'ai préféré adapter selon mes goûts.

Votre glaçage ne doit pas avoir une consistance trop liquide ni trop épaisse, mais celle d'un nappage. La mesure des ingrédients est donc à adapter en conséquence. N'hésitez pas à ajouter du sucre glace pour l'épaissir ou, au contraire, à ajouter du lait pour le liquéfier un peu si besoin.

Préparation :

Dans un bol, versez le lait tiède et ajoutez la levure. Mélangez puis laissez reposer quelques minutes pour que la levure puisse s'activer.

Dans la cuve de votre robot, versez la farine, le sucre, le sel, l'œuf, le beurre fondu, puis le mélange lait/levure.

Mélangez à l'aide de la feuille de votre robot jusqu'à ce que tous les ingrédients soient incorporés, puis remplacez la feuille par le crochet et pétrissez votre pâte pendant environ 15 minutes. La pâte sera encore collante. Déposez-la sur un plan de travail fariné, puis donnez-lui une forme de boule avant de la placer dans un saladier que vous recouvrirez de film alimentaire. Laissez-la reposer jusqu'à ce qu'elle double de volume. Cela peut prendre 1 h 30 à 2 h en fonction de la température de votre pièce. Astuce : en hiver, pour qu'elle pousse plus facilement, placez-la près d'une source de chaleur.

Pendant ce temps, préparez la garniture de vos cinnamon rolls. Dans un bol, versez le beurre pommade, le sucre cassonade et la cannelle, puis mélangez jusqu'à obtenir une texture crémeuse. Réservez à température ambiante.

Une fois que la pâte a fini de pousser, versez-la sur votre plan de travail fariné puis étalez-la à l'aide d'un rouleau pour obtenir une épaisseur d'un centimètre. Recouvrez ensuite de garniture à la cannelle de façon homogène, puis roulez votre pâte sur elle-même dans le sens de la longueur.

À l'aide d'une ficelle alimentaire, découpez des roulés de taille identique puis déposez-les dans un moule préalablement beurré. Il faudra prévoir un second temps de pousse : recouvrez les roulés d'un torchon puis laissez-les à nouveau près d'une source de chaleur pendant 45 minutes à une heure.

Vingt minutes avant la fin de la pousse, préchauffez votre four à 190 °C. Une fois que les roulés ont doublé de volume, badigeonnez-les de lait puis enfournez-les pendant 30 minutes.

Le temps de cuisson est à ajuster en fonction de la puissance de votre four, il faut donc rester vigilant. Les roulés sont prêts lorsqu'ils sont dorés.

Pendant la cuisson, préparez votre glaçage. Sortez les roulés du four, laissez-les tiédir, puis nappez-les.

À déguster encore tiède.

Bon appétit !

De la même autrice
chez Hugo New Romance®

Après la tempête

À tous les cœurs que j'ai brisés

Bodyguards
Tome 1 – Lennon
Tome 2 – Cruz
Tome 3 – Sawyer
Tome 4 – Jaxon

Et puis soudain
Tome 1 – Succomber
Tome 2 – Lutter
Tome 3 – Sombrer
Tome 4 – Aimer

My Escort Love
Tome 1
Tome 2
My Crazy Love (exclusivité numérique)

La Romance presque parfaite d'une accro à Noël
Le Mariage presque parfait d'une accro à Noël
Le Bébé plus que parfait d'une accro à Noël

Until the end

N'HÉSITEZ PAS À SUIVRE LAURA S. WILD SUR SES RÉSEAUX SOCIAUX !

Instagram : laurawild10

TikTok : laurawild10

Facebook : Laura S. Wild

RETROUVEZ L'ACTUALITÉ DE NOS SÉRIES NEW ROMANCE® SUR :

Instagram : @hugonewromance

TikTok : @hugonewromance

Facebook : @hugonewromance

Twitter : @hugonewromance

www.hugopublishing.fr

REJOIGNEZ-NOUS SUR :

www.festivalnewromance.fr
www.hugopublishing.fr

Composition et mise en pages
Nord Compo à Villeneuve-d'Ascq

Penser à cela me pousse à ressortir de mon sac le petit carnet sur lequel je note les prénoms qui me plaisent, et j'en profite pour envoyer à Zoe les nouvelles idées que j'ai eues sur le chemin du bureau ce matin :

Pour un garçon :
Lennon
Nollan
Christopher
Matthew
Carter

Le choix du prénom de notre futur enfant fait partie de nos préoccupations les plus pressantes ces temps-ci. Pour l'instant, la liste des coups de cœur est vide, celle des « hors de question » est aussi longue que mon bras et celle des « pourquoi pas » compte quelques lignes.

– Ethan ?

Je lève la tête et j'aperçois Lynn, ma rédactrice en chef, qui m'appelle tout en traversant l'*open space*.

– Tu peux venir une seconde, s'il te plaît ? me demande-t-elle.

Sans attendre, je la rejoins dans son bureau. Généralement, quand elle me convoque ainsi, c'est pour me proposer un nouvel article ou pour m'annoncer un déplacement professionnel. Mais à cet instant, tandis que je croise son regard pétillant, je devine que c'est d'autre chose dont il est question.

– Tu as l'air d'excellente humeur, je souligne en prenant place sur une chaise.

– Quand mes poulains sont reconnus à leur juste valeur, je suis forcément joyeuse.

Je hausse les sourcils. Ma rédactrice en chef s'explique alors :

– Tu sais que, chaque année, l'Académie du journalisme et des médias se réunit pour récompenser les professionnels qui ont marqué les derniers mois grâce à leur travail.

– Oui…

– Figure-toi que je viens de recevoir un coup de fil de la part du président du jury. Il tenait à m'annoncer que, pour cette édition, le prix du meilleur espoir reviendrait à un certain… Ethan French.

Mes yeux s'écarquillent. Lynn se penche vers moi et poursuit :

– Ton article sur Crane a fait beaucoup de bruit, Ethan, et tes pairs tiennent à te récompenser pour la qualité de ton enquête.

– Tu es sérieuse ?

– Absolument.

Peu importe le métier que l'on exerce, il semble normal d'espérer être récompensé pour le travail accompli, ou au moins reconnu à sa juste valeur. En choisissant de devenir journaliste, je savais qu'il serait possible qu'un jour mes papiers soient primés… mais la plupart du temps, mes confrères achèvent leur carrière sans avoir reçu de distinctions.